スイートルームで会いましょう!
水着を避けるみたいにして入り込んできた指が、容赦なく中をかき混ぜる。
「や…あっ、お湯が……入…る…っ」
その感触が嫌で逃げようとして、思わず腰を前に押しつけると、もうとっくに準備万端な感じの和泉様のものが当たって、ドキッとする。

スイートルームで会いましょう！

天野かづき

13667

角川ルビー文庫

目次

口絵・本文イラスト／こうじま奈月

◇

「今日は駄目《だめ》っぽいんだよなぁ……」

『忙《いそが》しいのか？』

携帯《けいたい》電話を耳に当てた状態で、俺はうーんと眉《まゆ》を寄せた。

電話の相手は従兄弟《いとこ》の浩一《こういち》兄ちゃん。学生時代に水泳をしていたせいか、昔は肩《かた》こりなんて無縁《むえん》だったのに、最近はデスクワークでくたびれ気味。肩だけじゃなく、首や腰《こし》までがたがたになってて、マッサージ師をしてる俺を駆《か》け込み寺みたいにしてる。

とは言っても今の俺の職場はホテルだから、お泊《と》まりのお客様かパックのお客様しか俺のマッサージを利用できない。そのせいで、最近は一人暮らしの俺の自宅のほうへ直接くるんだけど、お互《たが》い忙しいせいでなかなか時間が合わないんだよな。

「なんかギリギリのところで予約一件入っちゃってさ」

俺はデスクの上に載《の》っている自分専用のPCをスリープモードから起こして、予約画面を確《かく》認《にん》する。ちなみに、自分専用なのはPCだけじゃなくって、デスクもロッカーも本棚《ほんだな》も——この部屋自体が全部、俺専用だ。

「しかもVIPっぽいし」

『VIP？』

「そう、ロイヤルスイートだよ。ロ・イ・ヤ・ル」

二十一時から二十一時五十分という時間帯のところには『和泉吉成様《いずみよしなり》』という名前が入っている。そしてその横には、燦然《さんぜん》と輝《かがや》く『ロイヤルスイート』の文字。

ロイヤルスイートは、このスプリングロイヤル東京で一番高い部屋だ。ここって確か一泊《ぱく》六十万もするんだよなぁ……。

六十万っていったら俺の部屋の家賃が月七万だから……約九ヵ月分？

ありえないだろ。

おまけに、ロイヤルの下のプレジデンシャルスイートが十八万。通常の部屋でも、安くて四、五万…。

イートは三十五万、エグゼクティブが十八万。通常の部屋でも、安くて四、五万…。

なんにしても、贅沢《ぜいたく》と無駄《むだ》って友達みたいな関係だとしみじみしちゃうよ。

『いいよなぁ……。俺も泊まりたい。つか、もう「イズミデザイン」一目見れるだけでもいいんだけどなぁ』

心の底からうらやましそうな声を出す浩一兄ちゃんの様子に、俺は思わず笑ってしまった。

浩一兄ちゃんは建築士をしていて、このホテルの内装をした「イズミデザイン」と呼ばれる建築士兼インテリアデザイナーの大ファンなのだ。

俺がこのホテルのオーナーに引き抜《ぬ》きにあってるって話したとき、受けなくてもいいから一度見学に行ってこいと勧《すす》めたのも浩一兄ちゃんだった。

で、見に行った俺は、まんまとこのホテルの魅力《みりょく》にとらわれちゃったんだよね…。

なぜなら俺は、父親が建築士をしてるせいもあって、もともと建物を見るのが好きなのだ。

ちなみに、俺が一番重視するのは雰囲気《ふんいき》。外観の美しさや機能性とかも大事だと思うけど、ゴージャスで敷居《しきい》が高いものよりは、優《やさ》しくて雰囲気の良い、いわゆる『癒《いや》しの空間』のように感じるデザインが特に好きだったりする。

なんかさ、雰囲気だけで気持ちが安らぐって凄《すご》いって思うんだよね。

でも悲しいかな、好きだからといってもそーゆー関係の才能が俺にあるわけでもない。だから、同じ『癒し』の系列ってことで、俺は単純にマッサージ師になったのだ。

「俺、ロイヤルスイートは見学のとき見たことあるんだけどさ、もうすげーの。広いし天井《てんじょう》高いし、部屋って言うよりお屋敷《やしき》みたいでさ。執事《しつじ》とか住んでそう」

『わけわかんねーよ』

笑われて俺はむむっと眉を寄せた。

「しょうがねーだろ、そう思ったんだからっ」

なんて言うんだろう？　豪華《ごうか》なんだけど、うわって引いちゃう感じじゃなくて、人を迎《むか》え入れようっていう感じがするんだよな。どういうわけか。あれってやっぱり浩一兄ちゃんの言うところの『内装の力』なのかな？

『それにしても、本当にお前、建築好きだよな』

「うるさいな、誰《だれ》のせいだと思ってんだよ」

父親もだけど、影響力《えいきょうりょく》で言ったらよっぽど浩一兄ちゃんのほうが大きいんだからな。

特にこのホテルのデザイナーに関しては、浩一兄ちゃんが好きだって言うから、俺もこのホテルの内装を手がけた人に興味を持ったんじゃないか……。

あれ？　そう言えば。

このお客様、和泉吉成って……イズミデザインの人も、確か同じ名前だったよな。

向こうは「イズミヨシナリ」ってカタカナ表記だけど、読み方が一緒ってことは……ひょっとしてデザイナー本人だったりする？

さっきはざっと流して見ただけだったから気にならなかったけど、このホテルの内装をした人なんだから、もしそうでもおかしくないよな。

ホテルの内装をデザインした人と同姓《どうせい》の他人が泊まっている、と考えるよりもずっと自然な発想だろう。

もしかして、がんばってるご褒美《ほうび》にって、神様が俺に偶然《ぐうぜん》をプレゼントしてくれたのか？

……なんて、いくらなんでもそんなことあり得ないってわかってるけどさ。それでも期待しちゃうのは、明らかに俺の中に眠っているミーハーなファン心理ってやつだよな……。

だけど……。

『どうした？　黙《だま》りこんで』

「――や、なんでもない」

一瞬《いっしゅん》、浩一兄ちゃんに言おうか迷ってやっぱりやめた。

勘違《かんちが》いや思い込みだったら、恥《は》ずかしいもんな。

それに、本当に本人だったとしても会わせてあげられるわけじゃないんだし。もしも確認が取れるようなことがあったら、あとから報告すればいいか。

『でもいいなぁ。俺のこと助手とか言って一緒《いっしょ》に連れてってくんない？』

「駄目に決まってんじゃん――ま、そういうわけだからさ」

『わかったよ。あーあ残念。久々にカナの魔性《ましょう》の指を堪能《たんのう》したかったのにな』

「っ……だーからっ！　それは言うなって言ってるだろっ」

――『魔性の指』。

一年以上前、まだ前の職場にいたとき、俺は女性向けの情報誌の取材を受けたことが何度かあった。最初は店長のおまけみたいな感じだったのが、店長も先輩《せんぱい》も嫌《いや》がったせいで、いつの間にかこっちにお鉢《はち》が回ってきちゃったのだ……。

よくある癒し系の特集から女性情報誌、就職案内までいろいろあったけど……その中の女性情報誌の見出しがそれだったんだよな。

『美少年の魔性の指』。

美少年ってなんだ、魔性ってなんだと、送られてきた雑誌見て店長以下大爆笑《だいばくしょう》。少年も何も俺あのときハタチ超《こ》えてたのにさ。まぁ、俺も笑っちゃったけど。

『そういうことならまた連絡《れんらく》するわ。俺も一つ仕事が終わって楽になったとこだし、平日も時間取れそうだから』

「そうなんだ。あ、じゃあ明後日《あさって》は？　月曜だけど」

『時間取れそうなのか？』

「うん。休みだからさ、仕事のあと時間があるなら寄ってけば？」

『そっか……。んーなんとかなるな。九時過ぎるかもしれないけどいいか？』

「いいよ。都合悪くなったら電話して」

『わかった。ありがとな』

通話を切ってから時計を見ると、もう七時二十分だった。今日の休憩《きゅうけい》は八時までだけど、予約が入ってるから十分前には夕食をかき込んで戻《もど》ってこないとやばい。

俺は慌《あわ》ててPCをスリープモードにして、ロッカーから財布《さいふ》を出した。それから、椅子《いす》にかけてあった白衣のポケットから鍵《かぎ》を取り出して部屋を出る。

社員食堂までは、従業員専用のエレベーターを使えばすぐだ。待ち時間入れても五分ってとこだから……行って帰ってご飯食べられる時間は二十分かー。ま、なんとかなるよな。

今日は何を食べようかななんて考えつつ、ドアに鍵をかけ振《ふ》り向いた途端《とたん》——俺は心の中で思いっきり舌打ちをした。

と言うのも、できることなら顔を合わせたくなかった人たちが、ちょうど角を曲がってこっちに向かってくるところだったから。

……タイミング悪《わる》っ。

「──お疲《つか》れ様です」

通路の向こうから歩いてきたエステティシャン美女軍団に、俺はぺこりと頭を下げる。

けど、相手は当然のようにそれを無視。

まぁ俺が召使《めしつかい》で美女が女王なら、それもありかもしんない。でも実際には（俺のほうが専門学校卒業して三年目のペーペーだとは言え）同僚《どうりょう》なわけで。その態度はどうかと思うのだ。

「休憩行ってきます」

「…………」

すれ違《ちが》いざま一応そう言ってみたものの、こっちもやっぱり無視される。

コミュニケーションという言葉を教えてやりたいと思いつつ、俺はこっそりため息を零《こぼ》した。

俺がここに入社してから早一ヵ月。彼女たちの態度は初日からずーっとこんな調子だ。

まぁ、俺の控《ひか》え室は個室だし、彼女たちとは業務内容も休憩時間も微妙《びみょう》に異なるから、最初はそんなに意識してなかったんだよね。なんか冷たくないか？　と思っているうちにいつの間にやらブリザード吹《ふ》き荒《あ》れていたって言うか。

原因は——いろいろあると思うんだけど。たとえば……。

「柚木《ゆのき》くん」

考えつつ歩いていた俺は、突然《とつぜん》背後から肩《かた》を摑《つか》まれてぎょっとした。

「……美原《みはら》さん」

いつの間に現れたのか、そこに立っていたのはこのホテルのオーナーである美原さんだった。

「どうしたんですか？　こんなところで」

わかってはいるけど、一応牽制《けんせい》も込めて訊《き》く。

だって、俺の背後にはまだきっと美女軍団がいる。そして下手《へた》したら、こっちの会話に聞き耳立ててる可能性も無きにしも非《あら》ずなのだ。

「一緒にご飯でもと思ってね」

そう言ってにっこりと微笑《ほほえ》む顔は、ちょっとたれ目なそこそこの美形だ。たぶん自分に自信のあるタイプだと思う。まだ三十前だってのに超《ちょう》高級ホテルのオーナーだし、しかも独身。

とは言え、そんなプロフィールのほとんどは、俺にとって全く意味のないものだ。

なのに、美女軍団にとっては違《ちが》う。できることなら美原さんとお付き合いしたい、あわよくば結婚《けっこん》したいって狙《ねら》っているみたいなんだ。

聞き耳立ててるかもって思うのはそういう理由。

そして同時にこれが、彼女たちが俺を嫌《きら》っている一番の原因なんだよな……。

もともと俺がここに入社したのは、オーナーである美原さんの、引き抜《ぬ》きによるものだった。ホテル業界では引き抜きは珍《めずら》しいことじゃないって、美原さんは言っていたし、そんなものなのかと思っていたけど……。

問題なのは雇用《こよう》条件が異様にいいってこと。

これはホテルを見学する前までは全然移る気がなかったから、何度も首を横に振ってたら、どんどん条件がつり上がっちゃったせいもあると思うんだけど、彼女たちからしたらやっぱり『オーナーによる特別待遇《たいぐう》』に見えてるみたいで……。

まぁ、その辺が多分『雇用主と従業員』という枠《わく》から外れたいと思っている美女軍団が、むかつくところなんだろうと思うけど。

その上なんかよくわかんないけど、この人はしょっちゅう俺を食事に誘《さそ》いにくるのだ。

これが、毎日違う社員を誘っていて、いろいろな社員と食べているっていうならまだそういう方針なのかな、で済む問題かもしれない。けどさー、忙しいはずの人が、週に二度も三度も俺ばっかり誘うってどうなんだよ？　雇用条件云々《うんぬん》よりもずっと、このことが俺と美女軍団の間の溝《みぞ》をますます掘《ほ》り下げてる気がするんだよな……。

でもさっ、だからって俺をライバル視する必要もないと思う。いくら気に入られてるように見えたって、それはマッサージ師としてのこと。第一男である以上、俺と彼女たちとは乗ってる土俵が違うんだから。

いや、俺は違うとずっと思ってたんだけど、なんかここのところちょっぴり風向きが怪《あや》しい
って言うかなんて言うか。
——多分。違うよな？
「柚木くん？」
「あ、いえ、このあと予約が入っていて、急がなきゃならないんで……すみません」
「そうかい？——柚木くんちょっとシフト詰《つ》めすぎなんじゃないか？　柚木くんの可愛《かわい》い顔が
疲れているのを見ると私も胸が痛むし……。もう少し余裕《よゆう》のあるものにするように、私のほう
から提言しておこうか？」
ほら、この辺りがさ。
「いえっ、そんなとんでもない。僕はこれくらいでちょうどいいですから。休憩だって十分も
らってますし」
顔の前で手を振りながら、俺はにっこりと笑う。
けど内心は、がっくりきてるのと腹立たしいのとが半々。
だって、本当にマッサージ師としての俺を気に入ってくれてるんだったら、シフト減らそう
なんて言い出さないよな？　つか、可愛いってのはなんなんだよ？　セクハラか？
この辺が、なんていうか『雇用主と従業員』からも『顧客と店員』からも、逸脱《いつだつ》してる気が
するんだよな。気のせいだと思いたいけど……。

その上。

「遠慮《えんりょ》はいらないよ？」

にっこり。

特に、この無駄《むだ》な微笑《ほほえみ》がちょっと逸脱気味？　男が男に微笑みかけてどうするんだって思っちゃうのは俺だけなのか？

いや、もちろんコミュニケーションは大事だよ。だけどちょっと過剰《かじょう》って言うかなんて言うか……。どっちにしても逃《に》げるが勝ちだよな。

「いえ、本当に大丈夫《だいじょうぶ》ですから……。じゃ、僕はこれで」

再びぺこりと頭を下げて脇《わき》をすり抜ける。

「あ、柚木くん！」

「すみません急ぐんでっ」

俺、絶対このホテルに勤めだしてから頭の下げ方上達したよな。……全然嬉《うれ》しくないけど。

「……はぁ……」

逃げるように社員食堂へ向かいながら、もう一度ため息をつく。

……やっぱりホテルで働くなんて、俺には向いてなかったのかな……。

前の職場は、本当に普通《ふつう》のマッサージルームだった。

店長が腕《うで》のいい人で、マスコミ関係で取り上げられちゃうようなところではあったけど、従業員は店長と先輩《せんぱい》と俺の三人だけ。あと事務関係とサイトの管理を店長の奥さんが手伝ってくれるような、こぢんまりとしていてアットホームなところだった。

毎日充実《じゅうじつ》していて、学ぶことも多かったし、いずれ独立するにしても、それまではずっとそこで働くんだろうと思っていた。

でも、そこを辞《や》めてもいいと思うほど、このホテルに魅《み》せられてしまったんだから仕方ない。

人が聞いたら内装とか雰囲気《ふんいき》とか、そんなものだけで仕事を決めたのか？って呆《あき》れられるかもしれない。

だけど——このホテルにきたことが一度でもある人なら、絶対わかってくれると思う。ここには、もう一度ここへきたい、もしくはずっとここにいたいと思わせるような何かがあるんだ。

壁紙《かべがみ》や絨毯《じゅうたん》の色使い。ソファや椅子《いす》、テーブルのフォルム。石材と木目と金属の調和。高級感も非日常もぎっしり詰《つ》まっているのに、その隙間《すきま》を埋《う》めているのは間違《まちが》いなく安らぎで…。

不思議とほっとする、そんな空気がある。

とは言え……建物がそうだからって働いてる人までもがそうだとは限らないんだよなぁ。

「……はぁ…」

俺はまたもや重たいため息をついてしまう。

正直、職場での人間関係なんかでまさかこんなにも煩《わずら》わされることになるなんて、思ってもみなかった。

その上、最近は仕事のほうでもちょっと行き詰まり気味だったりもする……。今までは、リピーターになってくれるお客様がいて、それに励《はげ》まされて頑張《がんば》ってこれたのに、今は……お客様の評価が見えないどころか、指導してくれる人や相談に乗ってくれる人もいないのだ。

いや、まだきたばっかりなんだしホテルなんだから今までとは勝手が違う、まだまだこれからだって思おうとはしてるんだけど、どうしても不安は募《つの》る一方なんだよな……。

「頑張らないとなぁ…」

俺はもう一度だけため息をついて、定食のカウンターへと足を向けた。

これで今日の仕事は終わりかぁ……。

ロイヤルスイートへ向かうエレベーターの中で、俺は他《ほか》に乗ってる人がいないのをいいことに肩《かた》をぐるりと回した。

今日はありがたいことに予約がみっちりと詰《つ》まっていたせいで、指から肩、腰《こし》の辺りがさすがに疲《つか》れてきている。マッサージ用のベッドよりもホテルの客室のベッドは低めだから、どうしても腰にくるんだよな。

でも、ロイヤルスイートの宿泊客《しゅくはくきゃく》なんかのマッサージをする機会なんて、あんまりないだろうし、今日はこれで最後だから頑張らないと……。

軽《かろ》やかな音を立てて開いたドアを、俺はマッサージの道具の入ったワゴンを押しつつ潜《くぐ》る。

そうして、ふかふかの絨毯を踏《ふ》みしめながら、ロイヤルスイートに泊《と》まっているのは一体どんな人だろう、なんて考えた。

わかっているのは、俺の大好きなインテリアデザイナーと同じ読みの名前だってことだけ。

本人かどうかはわからないけど、ひょっとしたらと思っただけで、なんだか胸の辺りがどきどきしてくる。

どうなんだろう？　本人なのかな⁇

でも確かめたくても、どうも外見を公表しないポリシーの人らしくって、顔写真とかって見たことないんだよね。だから会っても、本人かどうか判断できないんだけど。

あ、でも、年は前に浩一兄ちゃんが二つしか違《ちが》わないと言っていたから、多分二十八のはず。

うー、なんか考えてたらますます緊張《きんちょう》してきた。

さすがに仕事だから、サインくださいっとか言うわけにもいかないし、会ってどうするっていうわけでもないんだけど、もし本人だったらちょっと話ができただけでも舞《ま》い上がっちゃいそうで……。

「……やばい、マジで緊張してきた…」

で…でもまぁ、単なる偶然《ぐうぜん》の一致《いっち》で赤の他人って可能性もあるんだから、あまり期待しすぎてもよくないよな。

落ち着けと自分に言い聞かせつつ、たどり着いたドアの前で、俺は一つ深呼吸をしてからチャイムへと指を伸《の》ばした。

「はい」

しばらくしてドア越《ご》しに聞こえたのは若くて、思わずドキッとするような美声だった。

「マッサージ室の者ですが…」

にっこりと笑顔《えがお》でそう言うと、ゆっくりとドアが開く。そして、そのままの笑顔で俺は挨拶《あいさつ》をしようとした途端《とたん》……。

「本日はよ――」

よろしくお願いします、と言うこともできずに俺は目を見開いてしまった。

なぜかと言えば、ドアの向こうから現れた体が、服の上からもわかるくらい均整の取れた素《す》晴《ば》らしいものだったから……。

広い肩幅《かたはば》。薄《うす》くなく、かといって厚過ぎもしない胸。伸びた背中。高い位置にある腰は引き締《し》まっていて、足の長さはひょっとして人種が違うんじゃないかと思うくらい長い。

「……柚木、要《かなめ》だな？」

思わずまじまじと観察してしまった俺は、一瞬《いっしゅん》何を言われたのかわからずにきょとんとしてしまった。

ええと…柚木要って……それは俺の名前だけど…？

「違うのか？」

「……あ、はいっ、そうです。柚木です」

今度はこっくりと頷《うなず》く。

そのときになってやっと視界に入ってきた顔が、これがまた全く生活感のないモデルみたいに整った顔だったことに気付いた。

多分、年は二十三歳の俺より五つ六つ上。三十に手が届くか届かないかってところかな。年《ねん》齢《れい》的には本人である可能性は高まった……んだけど。

でも…とてもじゃないけど、この人はデザイナーには見えないかもしれない。なんに見えるかって言われたら返答に困るけど、外見で勝負できる職種ならなんでも大成功って感じだ。

とにかく俺の今までの人生には、あまり接点のないタイプの人だってことは確か。

……って……あれ…？

「……あの？」

気付けば俺のほうがまじまじと観察されていて、思わず首を傾《かし》げてしまう。

顔に見覚えがない以上、初めてのお客様のはずだよな……？

苗字《みょうじ》はネームプレートつけているからわかるとしても、名前が知られてるっていうのはちょっと意外な感じがする。

ひょっとして雑誌で見てくれたのかな？　実際、取材を受けたあとは初めてのお客様にこんな風に名前を呼ばれることも結構あったし。

とにかく、和泉様のその反応のおかげで我に返った俺は、慌《あわ》ててぺこりと頭を下げた。

「あ、あの、本日はよろしくお願いいたします」

「――ああ、よろしく。入ってくれ」

「はい、失礼します」

部屋の中は、見学にきたときよりもずっと華《はな》やかだった。

そこかしこにグリーンや生花が飾《かざ》られていて、空気もなんとなく生き生きしてる気がする。

「どちらの部屋でなさいますか？」

なんて訊《き》いたのは、この部屋に寝室《しんしつ》が三部屋あるからだ。

一人で泊まるのにどうしてそんなに部屋が必要なのか訊いてみたい気もしたけれど、俺はグッと堪《こら》えて言葉を飲み込む。

スイートルームはお客様を招くことを前提とした造りだって聞かされてはいるけれど、正直ちょっとやりすぎじゃないかと思うのは俺だけ？

だって、一晩で全部楽しもうと思ったら、二時間ごとに起きて部屋替《か》えなきゃ駄目《だめ》ってことじゃん？

「じゃあこの部屋で」

そう言って和泉様が開けたドアの向こうは、生成《きな》りのシーツが掛《か》けられた俺が三人は寝《ね》れそうなベッドと、ソファとローテーブルの置いてある部屋だった。

ここだけでも二十㎡くらいありそうなゆったりとした間取りで、その上窓からはきれいな夜景が見える。

使っていた様子が全くないってことは、この人は違う部屋を使ってるってことだよな？

ま、主寝室に当たる部屋は別にあるから当然かもしんないけど、庶民《しょみん》な俺はやっぱり勿体《もったい》ないと思ってしまう。

「お洋服のほうはいかがなさいますか？　お着替えもご用意してありますが」

「いや、別にいい」

「では、こちらにご記入いただけますか？　差し障《さわ》りのないところだけで結構ですので」

そう言って、俺は問診票《もんしんひょう》のついたボードとペンをワゴンから取り出し、彼に差し出した。

問診票ってのは、お客様の年齢や職業、それから疲れているところや普段《ふだん》の生活習慣なんかを答えてもらうアンケートみたいなものだ。

俺は、マッサージを開始する前には必ずお客様にこうやって質問に答えてもらって、その人の状態を確認《かくにん》することにしている。だって、決まった時間内で満遍《まんべん》なく全身をほぐすよりは、重点的に『ここを！』って指定してもらったほうが効率良いし、職業を知ることで自分では気付いていない疲れをほぐしてあげるきっかけになったりもするから。

「わかった」

和泉様は頷いてそれを受け取ると、ソファに腰掛《こしか》けて問診票を埋《う》め始める。

それが書き上がるのを待つ間、俺はいつも通りベッドカバーを剝《は》いだり、タオルや枕《まくら》の準備をした。部屋はロイヤルスイートだけど、この手順はいつもと変わらない。

すると、しばらくして和泉様が声を掛けてきた。

「すまない。これで大丈夫《だいじょうぶ》か？」

「あ、はい。ありがとうございます。え…と」

特に疲《つか》れている場所は首と肩《かた》と腰《こし》。触《さわ》られたくない場所にはチェックなし。そして、肝心《かんじん》の職種にもチェックなしか……。

あーあ。問診票さえ書いて貰《もら》えば、本人かどうかわかるかと思ったのになぁ……。

でも、疲れている場所からすると座ってする仕事っぽいから、インテリアデザイナーだって可能性は十分あるよな？

期待を捨てきれないまま、問診票から顔を上げると、ちょうど和泉様が着ていたシャツを脱《ぬ》いだところだった。

「っ……!!」

叫《さけ》びそうになった口を、俺はすんでのところで手で押さえる。

なんで？　なんで脱いでんのっ⁉

自分でも不思議なくらい、俺はうろたえてしまう。

――って、なんで俺、うろたえてるわけ？　女の子ならともかく相手は男なんだから、別にこんなに慌てる必要もないはずだよな？

「あ、あのっ、着替えは……」

「ん？――ああ、男同士なんだし構わないだろ？」

しないんじゃなかったんですか、とみなまで言わせず和泉様はシャツをソファの上にぽいと投げた。そしてそのままさっさとベルトも抜《ぬ》き取ってしまう。

「は、はい」

もちろんそれは構わないんだけど……。

俺はもう、和泉様の体に目が釘付《くぎづ》けになっていた。

だって和泉様の体は、脱いだら期待はずれだったなんてことも全くなく、俺の理想をそのまま取り出してみましたってくらいに完璧《かんぺき》だったのだ。

こんな風になりたいって思う、そのままの理想型をこんなところで目にする羽目になるとは……うー、どうしよう、なんか心臓がばくばくしてきた。

特に背中から腰にかけてのラインは神業《かみわざ》的に絶品……。

菱形筋《りょうけいきん》から後背筋、外腹斜筋《がいふくしゃ》、中殿筋《ちゅうでん》まで――つまり背中から腋《わき》、尻《しり》の上の辺りまで――が

ぎゅっと締まっていて、このまま型をとって塑像《そぞう》にして飾っときたいくらいだ。

「マッサージルームじゃさすがにこうはいかないけど、ホテルだしな」

その上、そう言って笑う顔は、男の俺がクラリとくるくらい色気があった。

体も良くて、顔も良くて、こんな一泊六十万《ぱく》もするとこに泊《と》まれるってことはお金もあるってことだよな？　やっぱ、世の中には天が二物も三物も与《あた》えるような特別な人がいるもんなんだなぁ……。

「で、とりあえずうつ伏《ぶ》せに？」

「えっ？　あっ…あのっ…」

ぼーっと見惚《みと》れていた俺は、和泉様にひょいと顔を覗《のぞ》き込まれ、恥《は》ずかしいくらい動揺《どうよう》してしまう。

なにやってんだ、俺は⁇

いくら自分の理想通りの体だからって、男相手にこんな風にどきどきするなんて……ちょっとおかしくないか？

「は、はい、うつ伏せに寝転《ねころ》んでくださいっ」

「………」

——な、なんだ？

動揺をひた隠《かく》してベッドを示したっていうのに、相手はなぜか動かない。怪訝《けげん》に思って俺よりも随分《ずいぶん》上にある顔を見上げると、バチッと和泉様と目が合った。

「あの……?」

「ふーん?」

じーっと見られて目を逸《そ》らすわけにもいかず、困惑《こんわく》しつつ首を傾げると、和泉様は何かすごく楽しいことを思いついたみたいな顔でニヤリと笑った。

「ええと…??」

「…………」

そして何も言わず、そのまま無造作にベッドに横になる。

……なんだったんだろ?

俺はどきどきしっぱなしの胸を服の上からちょっとだけ押さえ、落ち着けと自分に言い聞かせると、気を取り直していつも通りベッドの横に立つ。

「首、肩、腰が特にお疲れとのことでしたから、今日は上半身を中心にマッサージをさせていただきます。痛みを感じた場合はすぐにお声がけください」

できるだけ平静を装《よそお》って、俺はいつも通りに声をかけた。

いよいよこの体をマッサージできるんだと思うと、指先まで脈打ってるみたいな気がする。

その上――。

「……っ」

寝転んだ和泉様の背中のライン、絶品すぎだよ…っ！

心臓がこんなにもどきどきするなんて…おかしい。絶対におかしい。こんなんで俺、ちゃんとマッサージなんかできるのか？

落ち着け、落ち着け、落ち着け……。

「……はぁ」

すーはーすーはーと深呼吸をして、なんとか自分を落ち着かせる。

これは仕事でためらうことなんて一つもない――はずだ。だけどこの体が相手だと思うと…

…正直、なんかものすごく恥ずかしい。

「始めないのか？」

「あ、はい、すみません」

なんとか返事をしてから俺はもう一度深呼吸をした。

これは仕事なんだと、心の中で三回唱える。

「では、始めます」

そして、覚悟《かくご》を決めてマッサージに取り掛《か》かった。

——んだけど。

いつの間にか夢中になりすぎてたらしい。

「そろそろ時間か？」

「へ……？」

俺は、和泉様の声にはっと我に返った。

うそっ？　もう時間っ？

見れば確かにワゴンの上に置かれた時計は、約束の五十分が過ぎたことを示している。

こんなに五十分が速いなんて……五分のつもりでうっかり九時間寝《ね》ちゃったときよりショックだ。

だって、和泉様の背中ってば…いや、肩も腰もだけど、マッサージ師としてはもう放《ほう》っておけないレベルにこりまくっていたのだ。

見た目はこんなに、こんなに素晴《すば》らしいのにっ！　そう思うと、ついつい手にも腕《うで》にも力がこもるっていうかなんていうか——正直まだまだし足りない。

だけど、時間が過ぎていることは厳然たる事実だしなぁ……。

「——どこかまだ辛《つら》いところはございますか？」

和泉様にかけたタオルを取りつつ、ため息を飲み込んで俺はそう訊《き》いた。

できることなら『この時計は壊《こわ》れてるんです』とか言ってでも、マッサージを続行したいくらいだ。

「いや、思った通り上手《うま》いな。気持ちがよかった」

和泉様は体を起こしながらそう言うと、右手を差し出す。

「ありがとうございます」

握手《あくしゅ》かなと思って、俺はためらいつつも手を出した。

前の店では外国人のお客様に握手を求められたことがあったけど、日本人ではなかなか珍《めずら》しいよな？　ひょっとして純粋《じゅんすい》な日本人じゃないのかも？　特に足の長さとか日本人離《ばな》れしてるし……なんてことを頭の片隅《かたすみ》でちらりと考えていたんだけど——。

「………？」

なぜか和泉様は俺の手のひらではなく、手首を摑《つか》んだのだ。

そして、何か気になるところでもあるというように手の甲《こう》や指先をまじまじと見つめる。

「あ、の？」

「可愛《かわい》い手だな」

「は？」

なんだそりゃ？

思いもかけない言葉に、俺は首を傾《かし》げる。まぁ、確かに俺の手は男にしては小さくて、子どもみたいな手だな、と言われたことも何度かあった。けど、初対面でいきなり男の手を『可愛い手だな』ってありえなくないか？

や、俺だって初対面でいきなり『いい体だなぁ』と思ってるんだから、人のこと言えないかもしれないけれど。

「小さいのに指が長くて指先が丸く節が目立たず爪《つめ》の形が綺麗《きれい》。手首から全体的なバランスも絶妙《ぜつみょう》——理想的だな」

しかもこんなにも見るとこが細かいなんて、ひょっとして手フェチ？

内心ちょっと引いたけど、相手はお客様だし顔には出せない……いや、出さないように俺は表情を引き締《し》める。

「ところで、このあと予定はあるのか？」

「え？　いえ、特にないです……けど」

「なら、延長はできるか？　そうだな、とりあえず一時間くらい」

——延長。

一瞬《いっしゅん》、何を言われたのかわからなかった。

別に変なことを言われたわけじゃない。……っていうか今まで言われてたことに比べたら、かなりまともなこと言われたんだけど『手云々《うんぬん》』の発言のあとだったから上手く結びつかなかったのだ。

だから、延長ってつまりマッサージの延長だよな、ってことを理解するまでに時間がかかってしまった。

「はい、もちろんですっ」

もちろん俺にそれを断る理由は一切《いっさい》ない。

この体をもう一度マッサージできるんだと思うと、期待に胸が高鳴っちゃうくらいだ。

二つ返事で、しかも勢い込んで言った俺に和泉様は満足気に頷《うなず》く。

「よかった――これで時間はたっぷりあるな」

「はい。では、もう一度うつ伏《ぶ》せに…」

言いかけて、俺は自分の手が和泉様に掴まれたままであることに気が付いた。

「あの……?」

放《はな》してもらわないとマッサージできないんだけど……なんて思いつつ和泉様の顔を覗《のぞ》き込むと、ものすごく楽しそうな目がまっすぐに俺を見ていた。

なんか、マッサージ前にもこんな顔をしてニヤリと笑っていた気がする……。

「和泉様?」

放してくださいとも言えなくて促《うなが》すように名前を呼ぶと、和泉様の親指が俺の手首――ちょうど親指の付け根の下辺りに触《ふ》れた。

「さっきからずっと気になってたんだが――ずいぶん脈が速いな?」

「……っ!」

くすりと笑われて、カァッと顔が熱くなる。

「また速くなった」

「か、からかわないでください……っ」

「からかってるんじゃない。わけを知りたいと思っただけだ」

そんなこと、俺にもわからない。

大体どうして男の体にどきどきしちゃってるかなんて、突《つ》き詰《つ》めて考えたくもない。

「それだけじゃない」

「あっ」

半分くらいパニックになっていた俺は、腕をぐいっと引かれてあっさりバランスを崩《くず》し、あっという間に和泉様にベッドの上へ押し倒《たお》されてしまった。

え、ちょっと待て、これってどういう状況《じょうきょう》!?

何かがおかしいのは確かなんだけど、和泉様の体が俺の上にあるという事態に頭に血が上っちゃって上手く考えがまとまらない。見るだけでもどきどきしてたのに、こんな急接近に心臓が破裂《はれつ》しないのが不思議なくらいだ。

なんて硬直《こうちょく》していたら、和泉様が摑んだままの俺の手を持ち上げて、甲にちゅっとキスをした。

なんで？　その仕草が俺にはあまりに非現実的で、俺は頭がくらくらする。

なんで？　なんでキスっ？

「マッサージしながら人の上で思わせぶりなため息をついたり、触《さわ》ったまま潤《うる》んだ目で動かなくなったり……誘《さそ》ってると思われても当然だよな？」

さ、誘ってるってどこへ？

て言うか、俺そんなことしてたかっ？

いや、確かについついうっとりして手が止まっちゃったり、ため息ついちゃったりしたかもしんないけどでもっ!! どこにも誘ったつもりなんてないんですが！

「わかったらおとなしく俺のものになれ」

「って……」

全然わかりません〜っっ！

と言うより早く、いきなり手の甲をぺろりと舐《な》められて硬直した。手の甲にキス、も驚《おどろ》いたけどこれはその比じゃない。

その上、固まってる間にぐいっとひじを曲げるようにされて、くぼみに沿って舌が這《は》い下りていく。袖《そで》が長いと邪魔《じゃま》になるから、白衣は五分袖なんだけど、それが仇《あだ》になった。

「くぼみの深さもちょうどいい。温度もいいし、筋の浮《う》きも綺麗だし……言うことないな」

「って……」

そんなうっとりされてもなんか引くんですけどっ。

「やっぱり、お前は俺のものに決定」

「け、決定って――」

勝手に決めんなーっ!!

けど、そう反論する間もなく、食われるんじゃないかっていうくらいの勢いでキスされて、頭の中が真っ白になった。

誘うってまさかこの方向!?

唇《くちびる》がこじ開けられて、あっという間に歯の裏側まで舐められる。舌を吸われ、ぞくりと快感が背中を走った。

キスは初めてじゃないけど、こんな風に自分がされる側になるキスは初めてで、俺はもうどうしていいのかわからなくなる。いや、もちろん拒《こば》みたいんだけど、首を振《ふ》っても駄目《だめ》だし舌を押し出そうとするとますます絡《から》み付いてくるし、この人キス上手過ぎだし。その上、和泉様の上半身が俺の体に密着してるしっ!!

「やっ、ちょっ……んんっ」

しかも俺がキスだけでいろいろ一杯になってるっていうのに、和泉様のほうは手馴《てな》れた様子で俺の白衣のボタンを外して、わき腹を撫《な》で上げたりする。

胸を押し返そうと手を伸《の》ばすけど、直接指に触れたその感触《かんしょく》にうっとりしちゃってどうにも抵抗《ていこう》できなくなっちゃうし……ってなんで、俺こんなんなっちゃってんの？

男の体に触《さわ》っただけでめろめろって……俺の体なんかおかしくなっちゃってないか？

だけどいくら疑問に思っていても、めろめろなのは厳然とした事実……。

「……んっ…は…」

やっと唇が離れたときには、もう俺は陸上げされたマグロのようにぐったりとした状態だった。まな板の上の鯉《こい》よりはマシかもしんないけど、これってもしかしたら時間の問題だったりするのか…？

そんなこと考えてる間にも、和泉様はするすると、器用に俺の白衣やＴシャツなんかを剝《む》いていく。すると今度は腕《うで》とか胸とかそういう部分も和泉様の体に直に当たってしまい――俺は頭に血が上りすぎておかしくなりそうだった。

「あっ、やめ……っ」

和泉様の手がためらいなく下肢《かし》に触る。敏感《びんかん》な場所を服の上からとはいえ撫でられて、俺はびくりと体を震《ふる》わせた。

「キスだけでずいぶん敏感だな」

なんて言われても『キスじゃなくてあなたの体のせいです！』とも言えず、俺は内心歯嚙《はが》みする。

「わ…るかったですねっ」

「悪かないだろ。俺としてはそのほうが楽しいくらいだ」

睨《にら》みつけても相手は楽しそうに笑うだけ。意に染まぬ相手を手籠《てご》めにしようとしてることに対する罪悪感なんて、微塵《みじん》も感じていないらしい。

って言うかひょっとして、俺がめろめろになってるせいで、本気の抵抗が和泉様には伝わってないとか？

——ありえる。そう言えば、なんか俺が『誘ってる』とか言ってたし…。

違《ちが》うぞ、誤解だ！　何もかも誤解っ！

「俺はこんなのちっとも楽しくありませんっ」

「ふーん？　そうか」

ちゃんと否定しないと、と思って言ってみたけど今度は鼻で笑われた。

「嫌《いや》だと言うなら、少しは抵抗したらどうなんだ？」

「そっ……それは」

俺は思わず目を逸《そ》らしながら、硬直してしまう。

だって下手《へた》に暴れて体に触っちゃったりすると、ますますやばい状況になっちゃいそうな嫌な予感がしたのだ。

「それに、第一ここは——」

言いながら和泉様の手が俺のズボンの前を寛《くつろ》げて、熱くなった場所を直接握《にぎ》り込んできた。

「あ……っ」

「楽しんでるみたいだけどな？」

そんなの俺が悪いんじゃない……と思う。多分。

和泉様は俺の不服そうな顔に気付いたのか、睨みつけている俺の目元にキスをするとニヤリと笑った。

「ひょっとして緊張《きんちょう》しているのか？　まぁ今楽しくなくたって、ちゃんと最後には楽しくさせてやるから安心しろ」

安心できるかっ！

「ってそんな、わ、ちょっとっ」

腰《こし》を抱《かか》えられてあっという間に、ズボンと一緒《いっしょ》に下着まで引き抜《ぬ》かれる。

この人手際《てぎわ》よすぎ。とはいえ、俺だって男だ。抵抗できないわけがない——ないはずなんだ、普通《ふつう》なら！　こんな状況でもめろめろってどうなんだよ、俺！

「んっ……あっ」

指先できゅっと乳首《ちくび》を摘《つま》まれて、俺は息を飲んだ。

「気持ちいいか？」

「よくな……んっ」

首を振ろうとした途端《とたん》、もう片方をぺろりと舐められて首を竦《すく》める。

「嘘《うそ》つくなよ」

また笑われた。悔《くや》しいけど、そのまま指と舌で転がすようにされると、全然関係ないはずの下半身まで快感が走ってしまう。

男でもこんなとこが気持ちいいなんて考えたこともなかった。自分の体なのに。信じられないような気分で、ぎゅっと目を瞑《つぶ》る。

「嘘じゃ、なっ……あ…あっ」

とは言ったものの、体が快感に喘《あえ》いでしまってることは、自分が一番よくわかっていた。

そんなわけないと否定する端《はな》から体が震えて、息苦しいような気さえする。

「ならもっと——感じてないなんて嘘が言えないくらい、気持ちよくしてやる」

「んっ……ぁ…っ」

指は残したまま、舌だけが腹の中心をまっすぐ下りて、へその辺りをくすぐるように舐める。

内腿《うちもも》に妙《みょう》に力が入って、踵《かかと》がシーツを擦《こす》るように動いた。両手でシーツを握り締《し》める。体に触らないためっていう以上に、そうしないとどこかとんでもないところへ攫《さら》われてしまいそうだったから。

舌はそのまま下腹を通って、そして——。

「ああっ……はっ、あっ」

まさかと思う間もなく、立ち上がっていたものが生暖かいものに包まれた。

「そ…な、やっ……あ…っ」

こんなこと今まで付き合った彼女にも、してもらったことがなかった。抗《あらが》いがたい勢いで快感が押し寄せてくる。って、感じてる場合じゃないだろ…っ。

だけど、指先が白くなるくらいシーツを握り締めても、体は快感に押し流されてしまう。

「ちょっ……ホントに…やば…っ、やだっ」

このまんまじゃ俺この人にいかされちゃうよっ。

俺がどんなに首を振って拒絶《きょぜつ》を表しても、相手はどんどん攻め立《せ》ててきて。

「や、…あっ、ああ……うっ」

結局俺は……俺は和泉様の口の中に…。

「っ…いやだって言ったのに……っ！」

やっと離《はな》れてくれた相手を睨みつけて文句を言う。だって、フェラされていかされて、おまけに飲まれちゃったんだぞ。相手のせいにでもしなきゃやってらんないよ！　なのに。

「セックスの最中の『イヤ』は自動的に『イイ』に変換《へんかん》されるんだ、知らないのか？　ちなみに『駄目』は『もっとして』」

そ、そうなのかっ？

当然って感じの涼《すず》しい顔で言われて、俺は愕然《がくぜん》と目を見開いた。

確かに『そこはダメッ』と言われた場所を攻めるのはセオリーだよな……。

ってことは……。

「じゃ、じゃあ――『気持ちいいからもっとして』？」

これは『イヤだからもうすんな』の意味に――――。

「そうか。なら遠慮《えんりょ》なく」

なるわけないだろ、俺！　一瞬遅《いっしゅんおく》れてそう思ったけど、その一瞬で俺の運命はもう決定してしまったみたいで……。

再びのしかかってきた和泉様に体をごろんとひっくり返されて、あっという間に腰だけを上げた恥《は》ずかしい格好にされてしまう。

「ちょっ、今の！　今の取り消しっ！」

手が当たらないのをいいことに逃《に》げようとじたばたしたけど、うつ伏《ぶ》せ状態で完全にねじ伏せられて身動きが取れなかった。

「取り消しは受け付けない」

その上、さわさわっと尻《しり》を撫《な》でられて俺は泣きそうになった。

そんなとこ触《さわ》んないでくださいマジで！

でも、触るなって言ったらまた触ってになっちゃって、でも触ってって言っても触ってになっちゃって……。つまり何、セックスのときってNOは言えないってこと!?　そんなばかな。

なんて考えてから、俺はこれがまぎれもなくセックスであることに打ちのめされた。

そうだよな、俺この人となぜかセックスしようとしてる？　って言うか、されそうになってる？　ってこれ、おかしいよな？　だって俺はマッサージ師で、この人はお客様で、ここは職場で……。

なんで…なんでこんなことになっちゃってるんだ⁉

今更《いまさら》だけどわけがわからない……と、肌触《はだざわ》りのいい枕《まくら》に顔をうずめたまぐるぐるしていた俺は、急に尾骶骨《びていこつ》の辺りに濡《ぬ》れたような感触《かんしょく》がして、竦みあがった。

「っや……ちょ……」

ひょっとして……舐《な》められてる？

冗談《じょうだん》じゃないと思って逃げようにも背中を押さえられていて抜け出せない。

そして俺がじたばたしている間に、舌は更に奥へ……。

「ちょっ……何すんですかっ‼」

「濡らしておかないと辛《つら》いのはお前だ。痛いのはイヤだろう？」

そりゃいやだけど、痛くなければいいのかって言えばそれも違《ちが》うし。

「あ、あの、落ち着いて聞いてくださいよ？　俺、今自分がなんでこんな状況《じょうきょう》になってるのか全くわからないし、こんなことしたいとも思ってないし――あっ」

つぷりとあらぬ場所に指を突《つ》っ込まれて俺は身を竦めた。

って、あんた人の話を聞けよ！　マジで‼

思わず振《ふ》り向いて睨《にら》みつけると、相手はニヤリと笑う。

「そんな顔しても、目が潤《うる》んでちゃ可愛《かわい》いだけだぞ」

「かっ…かわっ……」

可愛いとか言うなーっ！

「まぁ、とりあえず今の状況については俺がわかってるし、したいと思ってるから気にするな」

気にするっての!!

と言うより前に、指で中を探《さぐ》られて俺は再び枕に突っ伏《ぷ》した。

「あっ…あっ」

付け根まで埋《う》め込まれた指を抜《ぬ》き差しされて、そのたびに背中が波打ってしまう。

指がどこか一点に触《ふ》れると、そのたびに刺《さ》すような快感が走って、指を締め付けてしまうのがたまらなく恥ずかしかった。

その部分に弱い場所があるってことは知っていたけど、実践《じっせん》してみようなんて考えたこともない。なのに……。

「ん……やぁ…っ」

膝《ひざ》が崩《くず》れそうになると今度は前にも手が回ってきて、いったばかりのそこをゆるゆると扱《しご》き上げてくる。恥ずかしくて逃げたいのに、気持ちがよくて頭の中がぐちゃぐちゃになった。

「そろそろいいか……」

いつの間にか増やされていた指が抜かれて、俺はほっと息をつく。

けど、息をついてる場合なんかじゃなかったのだ。

「っい……はっ……」

次の瞬間、ぐっと入り込んできたものの質量は、指なんかとは比べ物にならなくて。ピリッとした痛みを伴って、すごい圧迫感《あっぱくかん》が強引《ごういん》に入り込んでくる。

「…逃げるな」

思わず前のほうに逃げようと伸《の》ばした右手に、和泉様の指が絡《から》んだ。

そうされると、和泉様の上半身が、俺の背中にぴったり重なるような形になって……。

「あ…っんっ！」

こんなときだってのに、思わず陶然《とうぜん》として体から力が抜けた途端《とたん》、一気に押し入れられてしまった。

俺のばかっ。

「全部入った。──わかるか？」

わかりたくないという気持ちを込めて、俺は小さく首を横に振った。

すると、耳元で笑った気配がして、摑《つか》まれたままだった右手を引き寄せられる。

「？」

「ほら、ここが」

「っあ……」

繋《つな》がっているところに指を這《は》わされて、俺は息を飲んだ。引き伸ばされてぴんと張った皮膚《ひふ》の感触がいたたまれなくて、恥ずかしくて目を伏せる。

——こんなところに、本当に…入っちゃってるんだ……。

「一生懸命《けんめい》、口を開いてるのがわかるだろ？」

「や……っ…そ…いうこと言……な」

「今きゅって締《し》まった」

「や…ぁ…っ」

ゆっくりと腰《こし》を揺《ゆ》するようにされて、またそこに力が入ってしまう。それをまざまざと指先で感じた俺は、羞恥《しゅうち》で燃えるように頰《ほお》が熱くなった。

「動くぞ」

「ちょ…あっ、ああっ」

ずるりと引き抜かれると自然に声が零《こぼ》れてしまう。鳥肌《とりはだ》が立つような感覚。

解放された手で、ぎゅっとシーツを摑む。

何度かゆっくりと探るような動きで抜き差しされて、ついにさっき指で擦《こす》られた場所に先端《せんたん》が当たった。

「あぁっ」

「っ…ここか……」

壮絶《そうぜつ》に色っぽい声で呟《つぶや》いて、そのあとはがくがくと揺さ振るように腰を打ち付けてくる。

「っ、あっ、ああ…っ」

熱い、と思った。何がって言われるとわかんないけど、とにかく熱くて、悔《くや》しいけど気持ちいいのもあって。

その上和泉様が俺のものに後ろから指を絡ませてきて、弄《いじ》られて……。

「う…あぁっ……」

「っく……」

熱が頭の芯《しん》まで焼き尽《つ》くしたような感覚と同時に、俺は体を震《ふる》わせてぐったりと崩れ落ちたのだった……。


体が揺れた気がしてうっすらと目を開けると、理想的な造形の後ろ姿の主が部屋を出て行くところだった。

一瞬《いっしゅん》状況《じょうきょう》も忘れて手を伸ばしかけた俺は、腰よりも下——ちょっと詳《くわ》しくは言えない場所に走った痛みに顔を顰《しか》めてからやっと、その理想の造形美の暴挙を思い出す。

パタンとドアの閉まる音がしてから数秒待って、もぞもぞと動き始めた。

――なんだったんだろう……。

ベッドの上に体を起こしてから、ぼんやりと自分の体を見下ろす。服は着てなかったけど、べとべとした感じはしない。だけど、下半身のだるさに思わず眉《まゆ》が寄ってしまった。

なんでこんな目にあわなきゃいけないんだよ……。

まさかいきなりあんな――あんなこと……。

思い出したくなくて、ぎゅっと目を瞑《つぶ》る。ため息をついてから、俺は勇気を出してベッドから這い出た。

体はだるいし、痛みもあるけど歩けないほどじゃない。俺は脱《ぬ》がされた服を身につけてから、そっと部屋の外を窺《うかが》った。

――いない。

どうやらシャワーを使っているらしい音がして、ほっと息をついた。

文句を言ってやりたいことは山ほどあったけど、顔を合わせたくない気持ちのほうがずっと強い。

俺はそのまま足音を忍《しの》ばせつつ、ワゴンを押して部屋から出た。

相手に気付かれないようにそっとドアを閉じたあとは、できる限りの速さでエレベーターホールに向かう。

幸い誰《だれ》にも会うことなく――部屋のドアが開いて和泉様が追いかけてくるというようなこと

もなく、エレベーターに乗ることができた。

他《ほか》に人のいないエレベーターの中で、俺はワゴンに半ばもたれかかるようにして、ため息を零す。

「――――疲《つか》れた……」

恨《うら》み言《ごと》でも泣き言でもなく口をついたのはそんな言葉で、思わずもう一度ため息をついてしまう。

男にあんなことをされたのは驚《おどろ》いたし、冗談《じょうだん》じゃないと思うけど、なんていうのかな……今の気持ちを一言で表現すると……。

自分が信じられないっ！　ってとこかもしれない。

なんで？　なんであんなことになっちゃったわけ？

和泉様の体は、そりゃ理想的だなとは思ったけど。だけど、それっていうのは言ってみれば、俺もこんな風になりたいなっていう意味であって……。

なのに、なのにっ!!

あの人に押し倒《たお》されてたいした抵抗《ていこう》もできなかったどころか、まんまとめろめろにされてしまった自分が憎《にく》いっ!!

俺はハンカチがあったら噛《か》み締めたいくらいの勢いで、ギリギリと歯を食いしばった。

とりあえず、さっさと帰って風呂《ふろ》入って不貞寝《ふてね》しよう……。

だって男に強姦《ごうかん》されたなんて、どこかに訴《うった》えるわけにも、誰かに泣き言を言うわけにもいかないし。

エレベーターから降りてごろごろとワゴンを押しながら、俺は諦《あきら》めの境地に達しようとしていた。

今日は厄日《やくび》だったんだな……と、またもやため息をつく。

けれど、俺に降りかかる災厄《さいやく》はこれで終わりじゃなかった。

「──っかれたぁ」

「誰よ、夜景を見ながらエステなんてプラン考えたのー」

突然《とつぜん》聞こえてきた甲高《かんだか》い声に、俺ははっとして顔を上げた。ドアの鍵《かぎ》を閉める音、それに続いてこっちに向かってくる複数の足音が聞こえる。

俺はさっと柱の陰《かげ》に隠《かく》れた。

もちろん、俺がたった今どんなことされてきたのかなんて見てもわからないとは思うけど、なんとなく誰とも顔を合わせたくない気分だったのだ。

それにあの声って多分、美女軍団の誰かだし。

こんなぐったりした気分のときに、ますます疲れるような相手の顔が見たいわけがない。

そっと廊下《ろうか》を窺うと、思った通り美女軍団の内の三人が歩いてくるのが見えた。

私服に着替《きが》えているところを見ると、彼女たちは帰るところらしい。だとすれば、従業員用のエレベーターへ向かうはずだから、ここにいれば見つかることもないよな？

俺は見えないようにワゴンをそっと端《はし》に寄せて、彼女たちが通り過ぎるのを待った。

「こんな遅《おそ》くまで働いて、手当つくったってたいしたことないし……」

「期間限定とか言ってるけど、またなんか理由つけてのびるの間違《まちが》いないしさぁ……」

「いっつもそうだよね。人増やして欲しいって言ってもダメだし」

「あんな素人《しろうと》みたいなマッサージ師入れてる余裕《よゆう》あったら、こっちに割《さ》いて欲しいよ」

聞くともなしに彼女たちの不平不満を聞いていた俺は、その言葉にギクリと身を強張《こわば》らせた。

それって……ひょっとしなくても俺のことだよな？

素人みたいって……よく思われてないのは知ってたけど、やっぱり傷つくよなぁ。

「そうそう。アレで私たちより給料いいんでしょ？　サギだよね」

だからそれは俺のせいじゃないって——と心の中でぼやいたときだった。

「ひょっとしてオーナーの愛人って噂《うわさ》、本当かもよ」

とんでもない発言に俺は耳を疑う。

あ、愛人って……。俺が？　美原さんの!?　ありえないだろ、普通《ふつう》に考えて!!

「えーっ、マジで？　最悪なんだけど」

俺だって最悪だよ！　つか、真に受けんなよっ！

「でもさぁ、そうでもなきゃおかしくない？」

「変だとは思ってたけど……」

「男のくせに体で籠絡《ろうらく》したわけ？」

「げー、ありえないよね」

男のくせに体で籠絡。

――マジありえないだろ。

けどたった今、男に体で籠絡されちゃった自分を思うと、やるせなさは倍増した。

ありえないとか言いつつ、美女軍団の会話がそれを肯定《こうてい》するようなニュアンスだったことにもげっそりする。

ただでさえ疲れ果てていた俺は、あまりのダメージの大きさにそれからしばらくその場から動くことができなかった……。

◇

翌日。

ロイヤルスイートのドアの前で、俺は頭を抱《かか》えていた。

なんで俺がまたもやこんな場所にいるかって言ったら、理由は簡単。和泉様からの予約が入っていたからに他《ほか》ならない。

時間帯も昨日と同じだったから、今日も一日の仕事の締めとしてここに立ってるわけだけど。

……ここで回れ右して帰っちゃ駄目《だめ》かな…。

昨日の今日でまたあの人に会わなきゃいけないなんて……一体どんな顔して会えって言うんだよ。腰《こし》は痛いし、気力的にも萎《な》え萎えでコンディションはただでさえ最悪なのに……。

大体あの人も何考えてんだ？　こんな高い部屋に二泊《はく》もするなんて――じゃなくて。

強姦した相手に会おうなんて、犯罪者が被害者《ひがいしゃ》に会うのと同じ、って言うかまんまって言うか……とにかく普通じゃないよな。

ああでも……あの人は俺を強姦したなんて少しも思ってないのかも…。

――ありえる。大いにありえる。そうとしか思えない。

そうじゃなきゃ、どんなにあの人が厚顔《こうがん》でも、翌日に早速顔を合わせようなんて考えないだろう。……多分。

でも、だとするとどうなんだ？　あの人が俺を呼び出した理由って、純粋《じゅんすい》にマッサージ？

それとも……まさか、今日もあんなことさせる気じゃないよな？

思わずぶるぶると頭《かぶり》を振《ふ》って、俺は自分の体をぎゅっと抱《だ》きしめた。

「まさか……だよな」

自分に言い聞かせるように呟《つぶや》いたけど、その声はどこまでも頼《たよ》りなかった。

とにかく、ここにこうして突《つ》っ立っていても始まらないのは確かだ……。俺は深呼吸を繰《く》り返したあと、勇気を出してチャイムに指を伸《の》ばす。

「…………っ」

だ、ダメだ。俺には押せない……っ。

いやでも押さないと……だがしかしっ。

――と指を伸ばしたり引っ込めたりしていたら。

「それで、いつになったら押すんだ？」

「ぎゃぁぁあああっ」

突然ドアが開いて、指を摑《つか》まれた俺は盛大に悲鳴を上げた。

「い、い、和泉様っ」

当然かもしれないけど、中から出てきたのは和泉様で。

「約束の時間はもうとっくに過ぎてるのにこないと思ったら、部屋の前で指の運動か？」

いや、確かに伸ばしたり縮めたりしてたけど、別に運動してたわけじゃ……。

呆《あき》れたような、また同時にからかうような言葉に俺は反論もできず俯《うつむ》いた。

「ほら、さっさと入れ」

そのまま手を引かれ、俺はもう一方の手でワゴンを引いて室内に足を踏《ふ》み入れる。

ああ……まるで取調室に入れられる重要参考人のような気分。これからの自分の運命を思うと、世を儚《はかな》みたくもなる。自白してとっとと帰りたい――もとい、さっさと仕事してさっさと帰るしかない。

ところが。

「あの……」

昨日の部屋に入っても、和泉様は俺の手を一向に放そうとしなかった。

……やばい、この人手フェチだったんだっけ。

このままじゃ昨日の二の舞《まい》かと身構えたけど、振りほどこうとして揉《も》み合いになった場合、明らかに俺が不利だ。揉み合おうとしてこの体に触《さわ》っちゃったら、その瞬間《しゅんかん》にKOされること間違いなし。

だとしたら、とりあえず説得するしかないよな。

じりじりと相手の出方を見つつ、俺はできるだけ普通にビジネスライクにーと、自分に言い聞かせて口を開いた。

「あああああのっ！　マッサージっ！　マッサージはっ⁉」

うわ、思いっきりダメな感じ。

案の定、和泉様は驚《おどろ》いたように目を瞠《みは》ると……おかしそうに笑った。

「そうだな。昨日の今日だからそれほどこってないが——肩《かた》と背中を頼《たの》む」

けど、意外にもそう言ってあっさり手を放してくれる。俺はほっと息をついた。

笑われたのは恥《は》ずかしかったけど、変な雰囲気《ふんいき》になるのは免《まぬか》れたからよしとしよう。

俺は自分に言い聞かせつつ準備をして、昨日と同じようにマッサージを始めた。まぁ、和泉様の言う通り、たいしたことないだろう……と思ったんだけど。

「今日一日でこれはすごいですね……」

始めてすぐ、俺の口からはそんな言葉が零《こぼ》れていた。

「ああ。こり性《しょう》なんだ」

さらりとそんな言葉が返ってきたけど、これって尋常《じんじょう》じゃないぞ。

昨日もずいぶんこってるなと思ったけど、そういうお客様も珍《めずら》しくないから気にしなかった。

でも、マッサージした次の日にもうこれってちょっと酷《ひど》すぎる。

指が入らないってほどじゃないけど、昨日きっちりほぐしたとは思えないくらいのこり固まり方だ。和泉様は姿勢も悪くないし、骨の歪《ゆが》みも少なそうなのに……。

なんて考えつつも、固まった背中を見ると思わずマッサージ師としての血が騒《さわ》いで、マッサージに夢中になってしまう。

「相変わらず上手《うま》いな……」

「ありがとうございます。あ、次ちょっと体起こしていただいていいですか？　で、左を下にして横になってください」

「こうか？」

「はい、それでいいです」

ってな感じで黙々《もくもく》とマッサージ。いや、だってやっぱり楽しいんだよ。悔《くや》しいけどやっぱり夢中になっちゃうんだよ。

そんなこんなで今日も、気が付いたらそろそろ仕上げなきゃって時間になっていた。

起き上がってもらって、組んだ手で肩をとんとん叩《たた》く。

「それにしても、こんな風になるなんて、ひょっとして今日もお仕事だったんですか？」

マッサージ中に特におかしなこともされなかったから、ちょっと気が緩《ゆる》んでたんだと思う。

俺は極普通《ごく》の口調で、和泉様に話しかけていた。

「ああ、いろいろとやらなきゃならないことが重なっててな…」

ため息混じりの声は、ちょっとぼんやりしていて眠《ねむ》そうだ。

「体を壊《こわ》す前に少しでいいから体を動かしたほうがいいと思いますよ。水泳とか、なさってたんじゃないですか？」

「どうしてそう思う？」

　和泉様が不思議そうに言う。

「よくマッサージをする相手が水泳をしておりまして……後背筋と大円筋が特に発達しているので……」

　やっぱり同じスポーツをしていると、個人差はあるものの発達する筋肉は同じだし、多少は似たような体型になるものだ。水泳なら今言った後背筋と大円筋、つまり背中の辺りが鍛《きた》えられるんだよね。

「……詳《くわ》しいんだな」

「え？」

「筋肉」

　笑いを堪《こら》えるような声で言われて、はっとした。

「あ、あの、その……仕事柄《しごとがら》詳しいだけですっ」

　学校で一通り教えられるのだから、これは嘘《うそ》じゃない。和泉様が手に詳しいのとは、全然違《ちが》う。だけど、和泉様の体に対する自分の態度がおかしいのは自覚があったから、ついうろたえてしまった。

「と、とにかく、知人と体型が似ていらっしゃるのでっ」

「まぁ、いいけど。当たってるよ。ここのところ忙《いそが》しくて行ってられないんだが、それまではちょくちょく通ってたんだ」

「そうですか……」

突っ込まれなかったことに安心しつつ、俺はやっぱりなと思う。

これだけ引き締《し》まった体をしてるんだから、運動が嫌《きら》いなわけじゃないだろうと思った。

「当ホテルにもプールがございますから、ご利用になってみたらいかがですか？　ジムも併設《へいせつ》されていますし。ちょっと運動するだけで全然違いますよ」

俺としても、この筋肉が脂肪《しぼう》になっていくことなんて想像もしたくない。

「……運動ね」

「そうですよ…っと、はい、終わりです。いかがです――か？」

全《すべ》て言い終わるよりも先に、腕《うで》をぐいと引かれた。

そしてあっと思う間もなく、気が付くと俺は和泉様に顔を覗《のぞ》き込まれていて……って言うかまさかアレ天井《てんじょう》？　今のなんて技《わざ》っ？

なんか――なんかなんかなんかっ、昨日もこんなことがあった気がするんですけどっ!!

「運動しろって言うなら手伝えよ。――ベッドの上で」

ニヤリと微笑《ほほえ》まれて、俺はやっぱり自分がベッドに転がされているんだと再認識《さいにんしき》した。

サーッと血の気が引く。

ベッドの上で運動って、やっぱりそれってマット運動じゃないよな?

「じょ、冗談《じょうだん》じゃな——って、手を舐《な》めないでくださいーっ」

いきなり手のひらを舐められて、マジでびびった。犬じゃないんだからと思ったあとすぐ、犬だったらどんなによかったことかと思う。

「気にするな。俺の趣味《しゅみ》だ」

「き、気にするなって……」

俺だって、それが俺と関係ない趣味だったら気にしたりなんかしない!

だけどあんたの舐めてるそれは、あんたの趣味である前に俺の手なんだってのっ!

「や、やだってばっ」

そのまま、まるで昨日の繰《く》り返しみたいに肘《ひじ》まで舐められて、ぞくりと背筋が震《ふる》える。

「その割に、感じてるみたいじゃないか?」

咽喉《のど》の奥で笑う相手を、俺はギッと睨《にら》みつけた。

「感じてなんかないっ」

「本当に?」

「本当ですっ!!」

頷《うなず》きながら振《ふ》りほどこうとするけど、相手はびくともしない。それどころか、抱《だ》き込まれた途端《とたん》、俺は全く身動きが取れなくなった。

だからっ、その体で触《さわ》るなよっ！　と内心で歯噛《はが》みする。

「仕方ない。お前が本当に手だけじゃ何も感じないって証明できたらやめてやるよ」

「は？　え？　ちょ、ちょっと――あっ」

再び手のひらを舐められて、指の股《また》を舌でくすぐられる。

そのうごめく赤い舌に、俺は思わず目を奪《うば》われた。

「やめ……っ」

「感じないなら、問題ないだろ？」

「う……」

ゆっくりと何度も皮膚《ひふ》の薄《うす》い部分を舌で辿《たど》られて、くすぐったさの中に時折ちらりと信じがたいものが混ざる。

俺は掴《つか》まれていないほうの手を、ぎゅっと握《にぎ》りこんだ。

たいしたことないはずなのに、絶対感じちゃダメだと思うとなんか妙《みょう》に意識してしまう。その上、体が密着していてそっちも気になるし。

「感じてないんだよな？」

「感じてないですっ」

嘘だったけど、俺は力を込めて言う。

「そうか、なら……これはどうだ？」

突然《とつぜん》腕を持ち上げられて、袖《そで》を肩《かた》まで捲《まく》り上げられた。二の腕の内側に吸い付かれて、俺は肩を揺《ゆ》らす。そのまま甘噛《あまが》みするように軽く歯を立てられた。

「いっ……な、何…」

痛いと思った場所を、今度はねっとりと舐め上げられる。そうして繰り返されるうちに、なんだか本当に……。

「っ……ふ…」

思わずはねた呼吸を、舐められていないほうの手の甲《こう》で抑《おさ》えた。

腋《わき》の下から肘までをつうっと辿られて、ぞくぞくっと震える体に、和泉様が目を細めて笑った。や、やな感じ……。

「これでも感じてないと言い張るつもりか？」

「……っ」

俺は言い返すこともできずに、ただ和泉様を睨みつける。和泉様は俺の目をじっと見つめたまま、その舌でつうっと手首までをなぞった。

その上、指を咥《くわ》えられると、ついつい昨日自分のものを舐められたときのことまで思い出しちゃって……。

「目が潤《うる》んでる。……感じてるんだろ？」

「ちが……っ」

「だったら、これはなんだ?」

摑まれていた手を下半身に導かれて、俺はぎゅっと目を瞑《つぶ》った。

「その気になってるみたいじゃないか?」

くすりと笑われて、顔に血が上る。触《ふ》れたそこが熱を持ち始めているのは、触る前からわかっていた。

ぎゅっと押し付けられるようにされた手を振り払《はら》うこともできないまま、ただ頭《かぶり》を振る。自分が信じられない、と昨日から何度繰り返したかわからない言葉が、くるくると頭の中を旋回《せんかい》した。

「この中はもうぐちゅぐちゅになってるんじゃないか? ほら」

「んっ…んぅっ」

ぐりっと、押さえられたままの手を回すように動かされて、びくりと腰《こし》が跳《は》ねる。

「お前の負けだな」

「ま、けって……んっ」

「安心しろ、責任は取ってやる」

口元を覆《おお》っていた手を外されて、唇《くちびる》にキスをされた。密着する胸板《むないた》に頭がくらくらして、押さえつけられたままだった手の下のものがますます熱を持ってしまう。

「あっ…あぁっ」

不意に手が解放されたかと思ったら、あっという間にボタンが外されて和泉様の大きな手が下着の中に入り込んできた。

「やぁっ……あっ、あっ」

「とろとろになってるぞ。気持ちよかったんだろ？」

「っがう……っ」

必死で首を横に振るものの、指で先端《せんたん》をなぞられるとヒクリと腰が揺れてしまう。

そのまま上下に擦《こす》られて、言葉通りそこが溶《と》け出しているような気がした。

「ふっ、あっ……あぁっ、も、や…ぁっ」

そして、俺は結局またしても、簡単にいかされてしまったのだった……。

し、しかも。

「な、舐めないでくださいそんなもんっ」

なんだかものすごく恥《は》ずかしい。頭から湯気が出そう。

あーもー、マジやだこの人っ。

「大体、手だけって……言ったのにっ」

「感じないならやめる、って言ったんだろ？」

それだって元はと言えば和泉様が勝手に出した条件で、俺は同意してなかったのに。

感じてしまった俺が悪いというような口調で言われて、耳元にキスされた。咄嗟《とっさ》に手で耳を押さえると今度は手の甲に……。うー、もう、どうすりゃいいんだよーっ！

「ま、今日は話もあるしこの辺にしておくか。運動はまた今度付き合ってもらうとして」

今日はってなんだよ今日はって！

思わずそう言い返そうとしたけど、意外にも本当にあっさり体を離《はな》されて勢いをそがれた。

しかも俺のワゴンからタオルとってくれるし。

「じ、自分でやりますっ」

和泉様が俺の足——とかその辺を拭《ふ》こうとしたのを、タオルを奪って止める。

とりあえずこれは使わせてもらうけど別に心を許したわけじゃないぞ、と脳内で反論して、黙《だま》って下肢《かし》を拭《ぬぐ》った。

ううなんか惨《みじ》め。っていうか、大体このタオルって俺の仕事道具なわけで……絶対クリーニングになんて出せないよな。

持って帰って自分で洗うのかと思うと、ますます情けない気分になる。

「それにしても、こんな風に簡単に押し倒《たお》されてるようじゃ問題だな」

和泉様はシャツを羽織りつつそう言うと、服を直す俺を見下ろしてため息をついた。

あんたにだけは言われたくない……。

「大体それはあんたの体のせいだろっ！　普通《ふつう》だったらちゃんと反撃《はんげき》できるんだからなっ」

思わずそう噛み付くように言ってから、俺ははっと口を閉《と》ざした。

「…………」

「ふぅん？　俺の体のせい、か……お前、体フェチか？」

「ち、違《ちが》いますっ、だ、だからあのっ……ええと……」

いいことを聞いたと言わんばかりに目を細める和泉様に、俺はわたわたと慌《あわ》てて手を横に振《ふ》る。

自分の失言に半ばパニック状態で、取り繕《つくろ》うこともできない。

「丁度いいじゃないか。俺は手フェチだしな」

開き直るなっての！　大体、俺は体フェチなんかじゃ……ない、よな？

だって今までこんなこと一度だってなかったし。人の体に触《さわ》っただけでおかしくなっちゃうなんて、マッサージ師としてもありえない。

でも、現に和泉様の体にめろめろになっちゃってるわけで……これって……。

「と、とにかく俺は違いますからっ」

もう、これ以上は考えたくなくて、とりあえず逃《に》げるしかないと俺はベッドから飛び降りる。

「逃げるなって。話があるって言ってるだろ？」

「俺にはありませんっ」

がっしりと腕《うで》を掴《つか》まれたまま、俺はぶんぶんと首を横に振った。

大体あんたのそんな言葉を信用できるかってのっ！

俺は苛々《いらいら》と和泉様を睨《にら》みつける。

「放してくださいっ」

「おとなしく話を聞くって言うなら放してやる。聞かないなら——続きをするか？」

俺は、その言葉にぎょっとして体を引いた。と言っても、腕は摑まれたままだから大して動いてないけど。

で、でも、続きって……。

「俺はそれでも一向に構わないんだけどな？」

和泉様は人を食ったような笑顔《えがお》で俺を見ていた。

「おとなしく話を聞くのと、続きをするの、どっちがいい？」

「…………話を聞きます。だから腕を放してください」

俺がしぶしぶそう言うと、和泉様は約束通り腕を放してベッドから降りる。そして、ついてこいと言うように手招くと、ベッドルームを出て入り口の見える場所にあるソファに座るように勧《すす》めた。

俺は和泉様の正面に小さくなって腰掛《こしか》ける。普段《ふだん》なら感動するくらい座り心地《ごこち》のいいソファのはずなのに、今はなんだかもぞもぞとして落ち着かない。

一体なんの話か知らないけど、さっさと終わらせて欲しい。

近くにあった電話でルームサービスを頼《たの》んでいる和泉様を、俺はちらりと見た。そしてこんなときなのに、そのシャツから覗《のぞ》く大胸筋に見惚《みと》れてしまった自分に、さすがに嫌気《いやけ》がさす。

なんで俺こんなふうになっちゃったんだろうなぁ……。

人の体型って……そりゃ多少の好みはあったけど、普通に女の子ならすごいスレンダーな人よりは、背が小さくてちょっとぽっちゃりしてたほうがいいとか、男だったら背が高くてマッチョじゃないけど、筋肉がちゃんとついてる体になりたいとか、その程度。

マッサージ師になったのだって、別に体フェチだからってわけじゃないのに……。

「それにしても、お前腕がいいな」

ぼんやりとそんなことを考えていた俺は、受話器を置いた和泉様にそう言われてはっと我に返った。それから、思わず腕を体の後ろに隠《かく》す。

やっぱりこの人って手フェチなんだ、と思っての行動だったんだけど、相手は目を瞠《みは》ったあと「違うって」と笑い出す。

「マッサージのことだ。その腕も十分魅力《みりょく》的だけどな」

な、なんだそっちの『腕』か。うわー、恥ずかしい……。

「……ありがとうございます」

複雑な気持ちで、俺はぺこりと頭を下げた。

まさかこんなことを言われるなんて少しも考えてなかったから、ちょっとだけ動揺《どうよう》。それに、和泉様の体にどきどきしちゃってる件について突《つ》っ込まれなかったことにもほっとしたし。

「数え切れないほどのマッサージ師にかかったが、お前ほど腕も相性《あいしょう》もいい相手はいなかった。その上、手は完全に俺の好みだし」

手については余計だけど、ここまで言われれば嬉《うれ》しくないわけがない。俺にしたあれやこれを忘れたわけじゃもちろんないけどさ。

思えばこの人って、俺がこのホテルにきてから初めてのリピーターなんだよな。

なんかすごく複雑な気分。嬉しくないわけがないけど、素直《すなお》には喜べない。

「そこでだ。今度新しく建設するホテルに、お前を引き抜《ぬ》きたい」

「は？」

ホテルに？　引き抜き？

まさか話っていうのがそういう――ビジネス系の話だとは思わなかった。じゃあどんな話と思っていたんだ、と訊《き》かれたら答えられないけど。

呆然《ぼうぜん》としつつ、俺は差し出された名刺《めいし》を受け取る。だけど渡《わた》された名刺に目を落とした俺は、ぎょっとして思わず名刺を破りそうになった。

……ロイヤルホテルグループ代表取締役《とりしまりやく》　副社長っ!?

「こ、これって…」

ロイヤルホテルグループっていうのは、このスプリングロイヤルを経営している会社だ。

でも、会社組織ってものがよくわからないからなんとも言えないけど、これってすごく偉《えら》い人ってことなんじゃ……？

だって、副社長ってことは社長の次だから二番目ってことだよな？　あれ？　一番偉いのって会長だっけ？

と、とにかく和泉様がこんなに偉い人だなんて、この会社大丈夫《だいじょうぶ》なのかっ？

いや、趣味嗜好《しゅみしこう》はおかしくても、仕事はすごくできるのかもしれないけどでも……。

思わず名刺に見入ったまま固まってしまった俺に、和泉様は「そうだ」と言って、俺の手から名刺を取り上げてくるりとひっくり返した。

「裏に携帯《けいたい》番号書いておいたから、いつでもかけてこいよ」

「かけませんっ」

反射的にそう答えてからやっと自分を取り戻《もど》した俺は、もう一度渡されたそれをため息と共にテーブルの端《はし》に置く。

そうだよな。肩《かた》書きがどんなにすごくても、和泉様は和泉様だよな……。

それにしても。

「ここの関係者だったんですね……」

こんなばか高い部屋に連泊《れんぱく》なんておかしいと思った。

「ああ。立場的には秀人《ひでひと》とそう変わらないな」

「秀人？」

「美原秀人だ」

「あぁ……」

なるほど。美原さんもああ見えて、本社役員だもんな。

曖昧《あいまい》な相槌《あいづち》を打ちつつ、俺はふと思い出す。

和泉様がこのホテルの関係者ってことは……。

――嫌《いや》な予感がする。

美原さんと同じってことは経営関係ってことだよな……？

でもこのホテルの関係者で、しかも同姓《どうせい》同名で全くの他人なんて偶然《ぐうぜん》、やっぱりありえなくないか？

って ことはやっぱり、ここのホテルの内装やったインテリアデザイナーって……。

い、いや、まさかだよな？

「詳《くわ》しい条件なんかはどんどん希望を出してもらって構わないし――」

「あ、あの…っ」

「ん？」

「その前に一つ、確認《かくにん》したいことがあるんですけど……」

「なんだ？」

話の腰《こし》を折られたことを気にする風でもなく、和泉様は俺の目をまっすぐに見つめた。

思わずごくりと生唾《なまつば》を飲み込んで、俺はそっと口を開く。

「ここの内装をしたデザイナーって……まさか」

「デザイナー？　俺だけど」

あっさり肯定《こうてい》されて、目の前が真っ暗になった。

「そ、そんな……」

嘘《うそ》だろ……。

「なんだ、知ってたのか？」

知ってたって言うか知りたくなかったって言うか。あああ、もうなんで？　なんでこの人なわけ？

こんな自分勝手で思い込み激しそうな人から、なんでこんなに繊細《せんさい》で癒《いや》し系な内装が出てくるわけ？

そりゃ、ホテルとそこで働いている人は違ってもしょうがないって思ってるよ。けどさ、造った人はやっぱり別だろ？　その人の内面とか、そういうものが表されてもよさそうなものじゃないのか？

涼《すず》しげなチャイムの音が響《ひび》いたのは、俺がそんな感じに打ちのめされていたときだった。

「ちょっと待っててくれ」

「あ、俺が出ます」

そう言えばルームサービスを頼《たの》んでいたっけ、と思う。頭の中はあまりの事態にぐるぐるだったけど、こういう場合自分が出るべきだろうと考えるくらいのことはできた。

念のためドアスコープで外を覗《のぞ》くと、そこに立っていたのはルームサービスの係の人——ではなくて。

「……？」

なんで？　なんでこんなところに美原さんが？

一瞬《いっしゅん》そう考えてから、関係者なんだから十分ありえる話なのだと思い直す。とは言え開けていいのかわからずに、俺は和泉様を振《ふ》り返った。

「あ、あのオーナーの美原が……」

ソファまで戻ってそう告げると、和泉様は「ああ」と頷《うなず》いた。

「やっとお出ましか。しょうがないな、開けてやってくれ」

俺は頷いてドアまで行くとそっとノブを回した。

「吉成、お前——っと……柚木くん？」

美原さんはドアを開けたのが俺だと知ると、驚《おどろ》いたように目を見開いた。

「どうしてここに？　就業時間はもう……」

「あ、はい。その……」

なんて言えばいいんだ？

まさか、変なことされた挙句に引き抜きにあってました、なんて言うわけにいかないし。

「気に入ったから延長してもらったんだよ。そんなところにいないで入ってきたらどうだ?」

「……ああ、そうさせてもらうよ」

そう言うと美原さんはなんのためらいもなく和泉様の向かい側、つまり俺の座っていた場所に座った。

なんだろう、この二人……。単なる同僚《どうりょう》って感じじゃないよな。和泉様も美原さんもお互《たが》い名前で呼んでる割に、なんか険悪だし。

「俺とこいつは従兄弟《いとこ》同士なんだよ」

俺の疑問に答えてくれたのは和泉様だった。

「はぁ……」

従兄弟ね。呼び捨ての理由はそれでわかったけど、険悪な雰囲気《ふんいき》の理由はわからない。

まぁ、なんにせよ身内二人に挟《はさ》まれた状態で俺がいるのはおかしいよな。

「それでは、お——私はこの辺で失礼します」

ぺこりと頭を下げると、和泉様は仕方がないと言わんばかりに盛大なため息をついた。

「ああ。すまなかったな。明日また予約させてもらうから」

げ。

一瞬顔が引きつったものの、思い直して口を開く。

「申し訳ありませんが、明日はお休みをいただいておりますので……」

「そうなのか？」

「ええ」

俺は引きつった笑《え》みを浮《う》かべつつ、ワゴンを取りに一度寝室《しんしつ》へ戻ってから、ロイヤルスイートをあとにした。

ドアを閉めた途端《とたん》、ため息が零《こぼ》れる。はっとして周囲を見回すと、幸い人気はなかった。俺はもう一度嘆息《たんそく》して従業員用のエレベーターへと足を向ける。

和泉様があの『イズミヨシナリ』だった。

ワゴンを押しながら思うのは、やっぱりそのことばかり……。

そうだといいなと期待していたけれど、あんなことするような人が本人だなんて信じたくもない。

「マジでショックだよ……」

俺が職場を変える原因になったくらいの素晴《すば》らしいインテリアデザイナーと、あの手フェチで強引《ごういん》で超絶《ちょうぜつ》手の早いあの人が同一人物なんて。

これから一体何を支えに仕事をすればいいんだろ？

ちょっぴり泣きそうな気分でエレベーターに乗り込んでから、俺はふと気付く。

「……あれ？」

和泉様、今度新しいホテルを建設するとか言ってたよな？　しかも本社の副社長だって……？

でも『イズミヨシナリ』がそんなことしてるなんて話も、ロイヤルグループの副社長だなんて話も、聞いたことがないぞ。

って言うか普通《ふつう》、ホテルグループの経営に関《かか》わるような人間が、インテリアデザイナーになんてなれるもんなんだろうか？

それに、経営陣《じん》とインテリアデザイナーって、さらっと兼任《けんにん》できるもんなのかな？

なんかどっちも、めちゃめちゃ多忙《たぼう》なイメージだけど。

その辺の事情が全く想像できなくて、でも気になって……。

結局、俺はこの夜二度と顔も見たくないはずの相手のことを、眠《ねむ》りに就《つ》くぎりぎりまで考え続ける羽目になったのだった。

◇

翌日の月曜日。世間的平日、俺的休日の朝。

ピンポーンと鳴らされたチャイムに起こされた俺は、インターフォンの受話器をとってきっかり三秒間固まった。

なぜかと言えば、こんなところにいるはずのない相手の声が聞こえたから。

「……………なんであんたが俺の家を知ってるんですか？」

『調べたに決まってるだろ』

調べたって……ストーカーかよ。和泉様の楽しそうな声に、俺は朝からげんなりした。寝《ね》る前に考え込んでいたせいか、夢にまで出てきたっていうのに、起きたら今度は本人か……。

本社の副社長だって言うんだから、俺の家を調べるくらい簡単なことだっただろう。

『さっさと着替《きが》えて下りてこい』

「は？」

『なんでもいいから。あ、ジーンズはやめておけ』

いや、そういうことが聞きたいんじゃなくて、どうして着替えなきゃなんないかが聞きたいんだけど。

『自分で着替えられないなら俺が着替えさせてやろうか？』

「結構ですっ！　ってそうじゃなくて――」

あーもうっ、なんなんだよ？　わけがわからない。

『とにかく、あと五分待って出てこなかったら、強行突破《とっぱ》して俺が着替えを手伝うぞ』

ありえない脅《おど》しに、けどこの人ならやりかねないと思う。

少なくともできるもんならしてみろとか返したら、後悔《こうかい》するのは絶対俺だ。間違《まちが》いない。

「――十分待ってください」

俺は諦《あきら》めのため息をついて受話器を戻《もど》した。

このまま無視するっていう選択肢《せんたくし》がちらりと頭を掠《かす》めたけど、無理だろうなとすぐに一蹴《いっしゅう》。

とりあえず顔を洗ってから、適当なパンツとシャツを身につける。

ほとんど出勤のときと変わらない格好になってしまい、遊びに行くにはちょっと硬《かた》いかな――と考えて、なんで俺がそんなことまで気を遣《つか》ってやらなきゃなんないんだとぶんぶん頭を振る。

っていうか、遊びに行くのか？

俺が和泉様と？　なんかおかしくないか？　俺はマッサージ師で、あの人はお客様でそれ以外の何者でもない――はずなのに。

けど、単に会って玄関《げんかん》ではいさよならってなるんだったら、着替えろとかジーンズはやめろとか言わないだろうし……。

どう考えてもやっぱりおかしいと思いつつ、支度《したく》を終えて俺はマンションの玄関まで下りた。

いかにも高級そうな外車の脇《わき》に立っていた和泉様が、俺に気付いてとろけるような笑《え》みを浮かべた。

悔《くや》しいけどやっぱりかっこいい。顔もよくて、金もあるんだから手フェチなくらいはかえって愛嬌《あいきょう》に――ならないよな、やっぱ。変なものは変。

「和泉様――」

「私服も可愛《かわい》いな。仕事中の白衣姿も色っぽくていいけど」

「……目がおかしいんじゃないですか？」

一体なんなんですかと訊《き》こうと思ったのに、開口一番の台詞《せりふ》に思わず脱力《だつりょく》して完全に出鼻をくじかれてしまった。

白衣が色っぽいって、こんな顔してフェチの上にマニアックってどうなんだよ。

「乗れよ」

「……なんで乗んなきゃなんないんですか？」

助手席のドアを開け、当たり前のように促《うなが》されて俺はむっと眉《まゆ》を寄せた。

大体、俺が素直《すなお》に乗ると信じ切ってるとこがよくわからない。その自信はどっからくるのか、マジで不思議なんだけど。

「いいから乗れ」

「よくないですっ」

腕《うで》を摑《つか》まれて引かれたけど、俺はぐっと足を踏《ふ》ん張った。こんな人と動く密室に二人きりなんて冗談《じょうだん》じゃない。

だけど。

「……乗らないならここでキスするぞ」

「なんですかそれはっ」

レベルの低い脅《おど》し文句に、あっさり怯《ひる》む俺。家の真ん前でされるくらいなら、密室でされたほうがなんぼかましだ、とか思っちゃう辺りで負けなのか？

「……変なとこに連れ込もうとしたら、サイドブレーキ引きますからね」

「俺と心中したいって誘《さそ》いか？」

「違《ちが》いますっ」

「冗談だ。変な場所っていう定義がわからないけど、引きたいなら引けばいい」

和泉様はそう言って、俺を助手席へと放《ほう》り込んだ。

どのタイミングでサイドブレーキを引くのが正しかったんだろう……。

押し付けられた水着を手に、俺はため息をついた。

和泉様が俺を連れてきたのは、都心から高速に乗って約二時間の場所にあるリゾートホテルのプールだった。とりあえず高速に乗った時点で降りるまでは引けなかったし、ホテルの敷地《しきち》に入ったときに引くべきだったのかもしんないけど、こんな高級リゾートホテルの中で、事故を起こすような勇気が俺にあるわけもない。

大体遠すぎるだろ。こんなとこで無理やり車を止めても、どうやって帰れっていうんだよ！

「……はぁ……」

おまけに……ここまできて目的がプールだなんて、最悪だ。

確かにプールにでも行ったらどうですか？　とは言ったよ。それは認める。けど、俺まで一《いっ》緒《しょ》に泳がなきゃいけない道理はないよな、普通。

おまけに、今更《いまさら》……。

「――実は泳げないなんて言えないよな」

空腹でも満腹でもよくないからなんて言われつつ、軽くランチを摂《と》っていたときによっぽど言ってしまおうかと思ったんだけど……。

やっぱり、これ以上弱みを見せるなんて冗談じゃない。

それにいつまでもここでぐずぐずしていたら、着替えるとこ見られたくなくてやっとの思いで先に行かせた和泉様が戻ってきちゃうかもしれない……。

俺は仕方がなく覚悟《かくご》を決めると、服を脱《ぬ》いで水着に着替えた。

ううう心もとない…。

一応膝《ひざ》近くまで隠《かく》れてるとはいえ、こんな薄《うす》い布一枚で人前に出るって、よく考えるとすごいよな。

温泉に行ったときだってこんなこと考えたことなかったけど、あの和泉様の前に出ると思うとものすごく落ち着かない。

俺もだけど、和泉様だってこんな格好なのかと思うとなんか……って、なんで俺が男の水着姿を想像してそわそわしなきゃなんないんだよ？

どうも俺、和泉様に出会ってからこっち、ちょっとおかしいよな。

なんて考えつつ、プールサイドに出たんだけど……。

「遅《おそ》かったな」

「うっ……」

眩《まぶ》しいっ。

あの太腿《ふともも》っ、脹脛《ふくらはぎ》っ！　締《し》まった足首っ!!

――って違うだろ。女の子の胸元《むなもと》ならともかく、なんで男の足にくらくらしなきゃなんないんだよ!?

理性はそう訴《うった》えるけど、なんかもう駄目《だめ》。かっこよすぎる。特に膝から下の長さがもう反則的だ。きっちり筋肉付いてるんだけどしゃも足では決してなく、直線的で足首締まってて…。

俺は腰砕《こしくだ》け状態でその場にへたり込んだ。

「どうした？　立ちくらみか？」

「なんでもないですっ!!　近寄らないでくださいっ」

目の前に近付いてきた足に向かって伸《の》びそうになった手を必死に抑《おさ》え、俺は後退《あとずさ》りする。

「そんなに警戒《けいかい》しなくても、こんなところじゃ何もしない」

「……そういうわけじゃなくて」

なんかしそうなのは俺。

「と、とにかく、俺のことはほっといてくださいっ！　さっさと水に入ったらどうですか？」

そうすれば見えにくくなるし。

半ば必死で言い募《つの》った俺に、和泉様はわざとらしいため息をついた。

「人がせっかくサービスしてやってるのに、その態度はないんじゃないか？」

「は？　サービス…？」

「俺の体が好きなんだろ？」

ニヤリと笑われて、眩暈《めまい》がした。

サービスって。

「余計なお世話ですっ」

俺は多分真っ赤になっているだろう顔で、和泉様を睨《にら》んだ。

もう、なんか恥《は》ずかしさのあまり涙《なみだ》が出そう。

この前そんなにからかわれなかったからって、油断していた俺が馬鹿《ばか》だった。

すると、和泉様は相変わらず腰《こし》が抜《ぬ》けたような状態でしゃがみこみっぱなしの俺を見て、納《なっ》得《とく》がいったというように頷《うなず》いた。

「ひょっとして、それも俺のせいか？」

しゃがみこんだままの体勢をくすりと笑われて、俺はもうその場で死にたくなる。

そうですよっ、と開き直ることもできず、俺はぷいと顔を背《そむ》けた。

「……自信過剰《かじょう》な男って最低だと思う」

「過剰じゃなくて相応だから問題ないだろ」

あっさり返されて絶句する。呆《あき》れて物が言えないってのはこのことだ。

「とにかく」

よっというかけ声と共に、俺は和泉様に抱《かか》え上げられた。

「ちょ、ちょっと何すんですかっ」

お姫《ひめ》様だっこはやめろっ！　と思うものの、体が触《ふ》れちゃってる時点でもうアウトって言うかなんて言うか……とにかくどうにも逆らえない。

びっくりしたとか、恥ずかしいっていうだけじゃなくて、頬《ほお》が火照《ほて》ってしまう。

そんな俺を和泉様は、近くにあったデッキチェアへと横たわらせた。

「しばらくここでおとなしく休んでろ。何か飲み物でも取ってくるから」

前髪《まえがみ》を大きな手でかき上げられて、俺はまた視線を逸《そ》らす。油断するとうっかり視線が吸い寄せられてしまうから要注意だ。

和泉様はそんな俺を特に咎《とが》めることもなく、隣接《りんせつ》するカフェのほうへと歩いて行った。

なんか、余裕《よゆう》って感じで悔《くや》しい……。

さっきっからわたわたしているのは一方的に俺で、和泉様は俺が怒《おこ》ろうが睨もうが関係ないって感じだ。

——それはまぁ、出会ったあの瞬間《しゅんかん》からずっとそうなんだけど……。

ため息をついてから、俺は辺りを見回した。

それにしても…なんかすごいところだよな……。

まず、広い！　とりあえず都内にあるスプリングロイヤルのプールとは規模が全然違う。

ホテルの中のプールだとはとても思えない。波のある大きなプールとスパがいくつかあって、緩《ゆる》やかにカーブを描《えが》く石造りの壁《かべ》や柱が、まるで西洋の物語の中みたいな雰囲気《ふんいき》を作り出している。

窓越《まどご》しに日差しが注ぐプールサイドはもちろん、石造りの壁に区切られたちょっとした個室みたいなスペースにも、デッキチェアやテーブルが置かれていていい感じだし。

今日は平日だからそんなに人は多くないけど、連休なんかはきっとめちゃめちゃ混んでるんだろうなぁ……。

こういう雰囲気はすごく好きだ。ゆったりした気分になるよな。

——にしても、なんかこのプール、どっかで見たことがあるような気が……。

なんだったっけ？

しばらく周りを見渡《みわた》しつつ考えてみたけど思いつかない。きたことがないのだけは確かだ。

大体なんで、こんないかにも高級リゾートなホテルにいるんだろ俺……。

本当ならせっかくの休みだし、洗濯《せんたく》でもしながらごろごろして、夕方ちょっと買出しに行って夜には浩一兄ちゃんのマッサージを——って忘れてた！

やばい、そう言えば今日マッサージする約束してたんだった。携帯《けいたい》はロッカーに置いてきちゃったけど、後でとりあえず電話だけ入れとかないと……。

なんて考えているうちに、和泉様がグラスを片手に戻《もど》ってきた。

「あ、あの俺、夕方から用事があるの思い出して……」

「用事？」

言い募る俺に、グラスを差し出しつつ和泉様が首を傾《かし》げる。俺はとりあえずそれを受け取った。

「はい。マッサージの約束が…」

「今日は休みだったんじゃないのか？」

不思議そうに訊《き》かれて頷く。

「そうですけど、仕事じゃなくて個人的に——」

そう言った途端《とたん》、和泉様の目がきらんと光った——気がした。

「男か？」

「……男ですけど」

変な質問だと思いつつも正直に答える。

「そいつと約束があるから早く帰りたい、って話なのか？」

「まぁ…そうですね」

わけもわからないままなんとなく和泉様が怒っている気配を感じて、俺は小声で答える。

少なくとも、約束がなくったって早く帰りたい、なんて本当のことを言える雰囲気ではなかった。グラスについた水滴《すいてき》がひやりと肘《ひじ》を伝う。

ううう…なんでこんなに緊迫《きんぱく》してんの？

「……」

「……わかった」

全然わかったようには見えないんですけど。

なんていうちょっと不審《ふしん》な気持ちは、次の和泉様の台詞《せりふ》で簡単に吹《ふ》き飛んだ。

「とりあえずこれ飲んで、時間もないことだしさっさと泳ぐか」

うっ。ついにきたか……。

そりゃ、水着でプールサイドにまできて逃《に》げ切れるわけもないんだろうけど。

「そー…ですね。じゃ、俺これ飲んでるんで、和泉様は先に泳いでてください。俺は見てますから」

できることなら見学だけで勘弁《かんべん》して欲しい、なんて気持ちで思わず愛想笑いを浮《う》かべると、和泉様は軽く目を瞠《みは》った。

「せっかく一緒《いっしょ》にきたんだ。待ってるよ」

俺は別にきたくてきたわけじゃないっての！

「で、でも、俺こうやってだらだらしてるの好きだし…」

「人に運動しろって言って自分はそれか？」

そりゃ俺だって人のマッサージをしてばっかりで、休日だってここのところは動くよりはごろごろしてることが多いし、運動不足なのは否《いな》めないけど……。

「それとも――まさか泳げないのか？」

「そ、そんなわけないじゃないですか。泳ぐくらいどうってことないですっ」

咄嗟《とっさ》に俺はデッキチェアから立ち上がってしまっていた。

一瞬後《いっしゅんご》には後悔《こうかい》したけどあとの祭り。

「なら行くか」

「……はい」

結局アイスティーには口もつけないまま、俺はプールへと向かうことになってしまった。

どうしよう……。いや、でも別に泳げないって言ったって水が怖《こわ》いわけじゃないから、入れないわけじゃないし、適当にばしゃばしゃやってればなんとかなる…のか？

俺は、覚悟《かくご》を決めて浅いほうからゆっくりとプールに入っていった。

「っと……」

慣れないから体をどうしたらいいのかわかんないけど、足はしっかり底に着くし、どうってことない気もする。

思ったより大丈夫《だいじょうぶ》そうだな、とほっとしつつ、少しずつ奥へと足を進めた。

だけど……。

「……要っ」

「うわ……っ」

和泉様に名前を呼ばれたと思った瞬間、突然《とつぜん》大きな波がきて、俺はあっという間にさらわれて、平衡《へいこう》感覚を失った。

何が起こったのかわからない。

とにかく驚《おどろ》いて、すぐに鼻が痛くなり、次は苦しくなった。

どうしようって焦《あせ》ってもがくけど上手《うま》くいかない。そんなに深いわけでもないし、ついさっきまで足がついていたんだからと思うのにパニックに陥《おちい》ってる体は上手く動いてくれなくて…。

怖い……っ。

そう思ったときだった。

急にぐいっと強い力で腋《わき》を抱《かか》え上げられて、あっという間に俺は水の中から救い上げられた。

「っ…はっ…げほっ…」

俺を引き上げてくれたのが和泉様の腕《うで》だったってことは、触《ふ》れた途端すぐにわかった。

その腕にすがったまま立て続けに咳《せ》き込む。空気と一緒に気道に水が入っちゃったらしい。

だけど、さっきまでの恐怖感《きょうふかん》はもうなかった。

「っ……びっくりした……鼻イタイ…」

咳き込むだけ咳き込んだら気分も落ち着いて、ついでにやっぱり足が着く深さだったことを再確認《かくにん》して恥《は》ずかしくなる。

なのに、絶対バカにされる、と情けない気分で首を竦《すく》めた俺に降ってきたのは……。

「大丈夫かっ？」

びっくりしすぎて息が止まるくらい、真剣《しんけん》な声だった。

「……っ」

こんな真剣な顔、初めて見た……。

呆然《ぼうぜん》と見上げる俺に、和泉様はもう一度「大丈夫なのか？」と繰《く》り返す。

こくりと頷《うなず》くと、安心したように息をついて、そのままプールサイドに引き上げてくれた。

もう落ち着いたとばかり思っていたけど、水から出ると急に体中の力が抜《ぬ》けて、へたへたと座り込みそうになる。その体を和泉様が抱えるようにしてデッキチェアへと座らせてくれた。

「大丈夫ですかっ？」

すぐに飛んできたホテルマンにもそう訊かれて、俺はこくこくと頷き、まだちょっと掠《かす》れた声で大丈夫ですと答える。

「ちょっとびっくりして足を滑《すべ》らせただけです」

そう言うと、ホテルマンは安心したように息をついて、持ち場へと戻っていった。

「悪かったな」

「え……」

悪いことしちゃったな…と反省しつつその背中を見つめていた俺は、和泉様の声に驚いて顔を上げる。

「なんで和泉様が謝るんですか？」

まさか謝られると思ってなかった。だって、不注意だったのはどう考えても俺で、和泉様にはなんの責任もないはずなのに。そう思って瞬《まばた》くと、和泉様は視線を合わせるように俺の顔を覗《のぞ》き込み、大きな手で俺の前髪《まえがみ》を梳《す》いた。

ぽたぽたと落ちるしずくを払《はら》ってくれる指が優《やさ》しくて、なんだか恥ずかしくなる。

「泳げないんだろうとわかってたのに、止めなかった」

ばれてたのか……。

「なんでわかったんですか？」

「水に入るときに笑えるくらい腰《こし》が引けてたからな」

その答えに、俺は情けない気分で口の端《はし》をちょこっと下げた。

「けど、なんにしろ自業自得《じごう》ですから」

「いや、泳げない人間に無茶させた俺が悪かった」

なんでそんなに反省しちゃってるんだろうっていうくらい、和泉様が本気で謝ってくれるのにうろたえて視線が泳いでしまう。

だって、似合わないし。こんなことで謝るくらいだったら俺に無理やりあんなことしたことを謝って欲しいもんだと思う。

「お前が他《ほか》の男のマッサージを——しかも個人的にするとか言うから、柄《がら》にもなく頭に血が上った」

その上、思いもよらない告白をされて、俺はますますうろたえた。

カァッと顔が一気に熱くなって、心臓が躍《おど》り出してしまう。なんだ？　体に触《さわ》ってるわけでもないのになんで俺こんな状態にっ？

わけがわからないままに、俺はぶんぶんと首を横に振《ふ》った。

「ほんとに気にしなくていいですからっ！　俺も全然気にしてませんっ」

和泉様は俺の態度にほっとしたように、ちょっとだけ表情を緩《ゆる》める。

そんな些細《ささい》な変化に、なぜか心臓はますますうるさくなっちゃうし。マジでどうしちゃったんだ俺の心臓。ひょっとして溺《おぼ》れかけたショックでどうにかなっちゃったのか？

思わずぎゅっと膝《ひざ》を抱えると、寒がっていると勘違《かんちが》いしたのか、和泉様はさっきホテルの人が置いていったタオルを俺の肩《かた》にかけてくれた。

「もう帰るか？　それとも――少し泳げるように練習してみるか」

「えっ……と」

思いがけない提案に、俺は顔を上げて和泉様を見上げる。

このまま帰ることを選択《せんたく》するのは楽だけど、意地を張って溺れかけたことがものすごく恥ずかしかった俺としては、正直その誘《さそ》いは心惹《こころひ》かれるものがあった。

なんだかんだ言って俺、結構負けず嫌《ぎら》いなんだよな……。

――別に、この人ともっと一緒《いっしょ》にいたいと思ったわけじゃない。有無《うむ》を言わさず連れてこられて、溺れかけて、ついでに夕方から予定がある。

でも、泳げないよりは泳げたほうがいいし、この年になるともう人に泳ぎを教わる機会なんてないんじゃないかと思ったし……。

「教えてもらえますか？」

　結局俺はそう言って、デッキチェアから立ち上がった。


　プールや海に入ったことはあるのかという質問に、今日が初めてだと答えると、和泉様はバカにするでもなく、とりあえず水に慣れたほうがいいと言って腰ぐらいまでの深さの場所へ俺を連れて行った。

「まずは水に顔をつけるところからだな」

「それぐらいはできます」

「ならやってみろ。最初はつけるだけでもいい。大丈夫だと思ったら目を開けてみるんだ」

　俺は頷いて、早速ぱしゃりと水に顔をつけた。

　風呂《ふろ》の中ならともかく、立ったままっていう状態はなんとなく不安定で、ふらついた俺の手を和泉様が摑《つか》む。

「摑まってろ」

　驚いて顔を上げた俺に、和泉様はそう言って「もう一度」と言葉を重ねた。

和泉様に『手』を摑まれているっていう状況《じようきよう》に、一瞬不穏《いつしゆんふおん》なものを感じたけど、見上げた和泉様の顔は真面目《まじめ》そのもの。本業インストラクターですって言われたら信じちゃいそうなくらいだった。

どっちかって言ったら、和泉様の体が近くにあることにどきどきしちゃってる俺のほうがよっぽど危ないかも。

俺が水の中で目を開けられるようになると、今度は頭まで潜《もぐ》る練習をする。

和泉様と手をつないで一、二と飛び上がって三で潜るという感じで水に潜ることを何度もした。アホみたいだけど、水の浮遊感《ふゆうかん》に慣れない俺には、結構楽しかった。

大の大人二人で何やってんだろうと思わないでもない。でも、体を楽にして水面に浮《う》かぶのを練習するのとかも楽しい。そのままパタパタ手首から先だけを動かしてペンギンみたいなポーズをするとそれだけで結構前に進んだりしておかしかった。立ち泳ぎする和泉様に浮《う》き輪《わ》をつけて手を引かれるのも、バタ足の練習も何もかも、子どもに戻《もど》ったみたいに夢中になる。

それに、水の中の和泉様は最初から最後まで、今までの不遜《ふそん》かつ傲慢《ごうまん》かつ強引《ごういん》なところなんて綺麗《きれい》さっぱりなくなった、あくまで真面目な『先生』だった。

正直、見直した。

こんな真面目な顔もできるのかと思ったりして……。

だから。

「今日はこの辺にしておくか」

と和泉様が言ったときは、もう帰ると親に言われた夏休みの子どもみたいな気持ちになった。

時計を見たらちょうど四時。一度休憩《きゅうけい》を入れたけど三時間近く水の中にいた計算になる。でも、正直まだまだいける気分だった。

「……はい」

一応頷いたものの、不満が顔に出ていたみたいで、和泉様に苦笑《くしょう》される。

「続きはまた今度な」

「はい」

今度は素直《すなお》に頷いた。自分でもびっくりだけど、また今度誘われたら喜んでついてきちゃいそうだった。こんなに簡単に懐柔《かいじゅう》されてどうする、と思わないでもないんだけど、人気のあるところじゃ何もしないって言うなら、プールは絶対安全なんだし。

ざぶざぶと水を掻《か》き分けてプールから出る。

全然疲《つか》れてないと思っていたのに、水から上がると急に体が重くなったような気がして、ふらついた。それを和泉様がさっと支えてくれる。

肩が和泉様の胸にぶつかってどきどきしたけど、避《さ》けようとは思わなかった。そんな体力もなかったし。

やっぱり沈《しず》んだり浮いたりしていただけだとは言っても、それなりに疲れていたらしい。

「大丈夫《だいじょうぶ》か？」

この人にこの台詞《せりふ》を言われるのは今日何度目だろうと思いつつ頷《うなず》いて、促《うなが》されるままにスパへと向かう。

屋内にあるジェットバスみたいなスパには結構人がいたけど、和泉様が俺を連れて行った屋外のスパは階段を上った先、ちょっと隔離《かくり》されたような場所にあるせいか、誰《だれ》も人がいなくて貸切状態だった。

天気がいいから山が綺麗に見えて、またうきうきした気分になってくる。

「気持ちいー……」

温かいお湯に浸《つ》かると、一気に体の力が抜《ぬ》けて思わずため息が漏《も》れた。

こんな風にリラックスした気分になるのって、本当に久し振りな気がする。お客様には体を動かしたほうがいいとか、仕事ばっかりしていないで、たまにはリラックスですよーとか言ってるくせに、俺自身は仕事大好き仕事漬《づ》け生活だもんな。たまの休みもごろごろしてるだけだし。

「あの……今日はありがとうございました」

本当に心の底から素直な気持ちで俺は、並んでお湯に浸かる和泉様に頭を下げた。

お湯にたゆたゆしたままだから様にはなんないけど。

「…礼を言われるとは思わなかったな」

なんだ、自分が強引なことをしたって自覚はあるんだ。

俺はちょっとだけ笑った。

なんかもうリラックスしすぎていろいろなところから力が抜けてる感じで、笑い方も微妙《びみょう》に間が抜けちゃったけど。

正直、めちゃめちゃ油断していた。

「楽しかったし、少し泳げるようになったし……」

「俺も楽しい」

そう言いながら和泉様の手が俺の手を摑んだときも、俺は別になんとも思わなかった。これは多分俺が沈まないようにと、水の中で何度も手をとってもらったせいだと思う。

だけど。決して忘れてはならなかったのだ。この人が——手フェチだってことは。

「こうして、お前と一緒にいられて」

あ、あれ?

なんかなんかなんか、この雰囲気《ふんいき》って……。

持ち上げられた手に、唇《くちびる》が触《ふ》れた。

ドキッとして、緩《ゆる》みきっていた体が強張《こわば》る。いや待て、ドキッてなんだと思ってから、多分すごく驚《おどろ》いたからだろう。そうに違《ちが》いないと自分に言い聞かせた。

だって、ついさっきまではものすごく真面目なインストラクターのおにーさんみたいだったんだよ、この人!!

「い、和泉様っ？」

「いいかげん『様』はやめろ。吉成って呼べよ」

そんな何もかもすっ飛ばして呼び捨てにはできないだろっ！　ってそうじゃなく。なんでこんな燦々《さんさん》と日が照ってる下でこんな怪《あや》しい雰囲気になっちゃってるんでしょうかっ？

「和泉様っ」

「吉成」

淡々《たんたん》と言いつつも、俺の指先に和泉様がキスを落とす。

「…………和泉さん」

今度は無視された。そしてそのままキスは手首を伝って――！

「よ……吉成さんっ」

「何だ？」

『吉成さん』がようやく顔を上げた。俺はもう、心の中でこの人は苗字《みょうじ》が吉成なんだと暗示をかけることにする。苗字苗字。そう思えば多少恥《は》ずかしさは軽減できるはず。

「こんなところで、まさか変なことする気じゃないですよね？」

「こんなところ？」

「こんな、いつ誰がくるともしれない場所のことですっ！」

「ああ、それなら大丈夫。四時からここ、貸切にしてもらったから」

「は？」

貸切？　さっき貸切状態だとは思ったけど、状態じゃなくて本当に貸切だったのか……。

いや、待てよ。ってことは、最初っからそのつもりで……。

じわじわと自分が危険な状態にあることに気付く。

「帰りますっ！」

俺は和泉様の手を振《ふ》り切って立ち上がった——んだけど。

「俺が帰すと思うのか？」

「わ、ちょっ……うあっ」

腰《こし》の部分を引かれて、あっという間にお湯の中に後戻《あともど》り。ザッパン！　と巨大《きよだい》な水飛沫《みずしぶき》が散る。他《ほか》に人がいなくて本当によかった。じゃなくて！

「和泉様っ」

「吉成だって言ってるだろ」

やっぱり暗示かけたぐらいじゃ無理だったらしい。とかそんなこと考えてる間に、俺は向かい合わせに和泉様の膝《ひざ》の上に抱《だ》き上げられていた。

「呼んだらやめてくれるんですかっ？」

「やめない」

即答《そくとう》かよっ！　ううう俺もう半泣き。

その上ものすごく楽しそうに二の腕《うで》を吸われた。

「ひゃっ…ちょっ……待って」

「待てない」

「子どもじゃないんだから、ちょっとは理性を働かせてくださいっ」

さっきまでまるっきり童心に戻《もど》っていた俺が言うのもなんだけど。真っ昼間からこんな開けた場所でどうかと思うよ？

「お前がこんな手をしてるのが悪い」

「そっ、そんなのこんな体してるあんたに言われたくないっての!!」

せっかくちょっと見直したところだったのに……なんて思いつつも体はもう、悔《くや》しいことに和泉様に引き摺《ず》られ始めている。

「それに、貸切にした時点で十分理性は働いてると思うけどな？」

「っ…働いてませんっ」

「それを言うなら」

またちゅっと吸い上げられて、同時に親指の腹で乳首《ちくび》をぐりっと押された。濡《ぬ》れているせいかいつもと違う感覚にびくりと背中が震《ふる》える。

「あっ……」

「こんな感じやすい場所さらけ出してるお前にも、責任はあるんじゃないか？」

「やっ、ちょっ……あぁっ」

きゅっと摘《つま》まれて引っ張られると、たった今まで普通《ふつう》に晒《さら》していた場所がものすごく恥ずかしいものになった気がして首が竦《すく》んだ。

いや、騙《だま》されるなっ！　男だったら水着で上半身が隠《かく》れてないのなんて普通なんだっ！　けど、正直今ほどしまっとけばよかったと思ったことはない。やっぱり最初に水着になったときに感じた心もとなさは、正解だったんだ。あのときのまますちゃんと警戒《けいかい》しとけばこんなことには……っ。

「っ……くない……っ」

「気持ちいいんだろ？」

ふるふると首を横に振るものの、下半身が密着した今の状態じゃ説得力はゼロだ。

「嘘《うそ》つけ」

案の定簡単に切り返されて、ゆっくりと捏《こ》ねるように指先で弄《いじ》られる。

「あっ、ん……ぁっ」

びくびくと体が跳《は》ねるたびに水音がするのが、ますます羞恥心《しゅうちしん》を煽《あお》った。その上、水は太陽の光できらきらと反射を繰《く》り返していて、否《いや》が応でもここが屋外で、その上まだ日の高い時間だってことを思い起こさせる。

「そう言えばここ、跡《あと》付いてるの気付いてたか？」

くすりと笑われて、初めて自分の二の腕に赤い鬱血《うっけつ》と歯型の様なものがあることに気付く。

昨日散々そこを噛《か》まれたことを思い出した。

腕を上げて鏡を見なければ自分ではわからないような場所だけど、ひょっとしたら気付いた人はいるかもしれない。そう思うと、俺は恥ずかしさのあまり泣きそうになった。

「ひど…っ、なんで言ってくれなかったんですかっ？」

「言ったら水着になんてならなかっただろ？」

「当たり前ですっ」

こんな跡があるとわかっていたら、絶対に人前で裸《はだか》になったりしなかったのに。

「俺は逆に、この跡がなかったら、お前を人前で裸にしようなんて考えなかった」

「あっ……ん」

「俺のものだって証拠《しょうこ》だからな」

舌が二の腕から肘《ひじ》を伝って、ゆっくりと指先へ向かっていく。

胸を弄っていた指はそのまま下へと滑《すべ》り下りて、ウエストのゴムの部分から水着の中へと入ってきた。

「ゃ……あ、あっ」

一旦《いったん》お湯に包まれた部分を、手のひらがぎゅっと摑《つか》む。同時に指を口腔《こうこう》に含《ふく》まれて、ゆっくりと舌を絡《から》められた。もうなんかどっちがどっちかわからなくなってくる。

ただ余ったほうの手で必死に和泉様にしがみつくことしかできない。

お湯の中では体が軽すぎて、そうしていないとどこかへ行ってしまいそうだった。体だけじゃなくて、理性とか、意識とかそんなものまで全部。

だけど、しがみつくと今度は後背筋の動きにどきどきしてしまう。やっぱ俺ってダメな感じ？　なんてことを考えてる間に、今度は後ろのほうを探《さぐ》られて……。

「あ、やだっ…」

水着を避《よ》けるみたいにして入り込んできた指が、容赦《ようしゃ》なく中をかき混ぜる。

「や…ぁっ、お湯が……入…る…っ」

指が二本に増えた途端《とたん》、間を縫《ぬ》うようにお湯が浸入《しんにゅう》してきた。

その感触《かんしょく》が嫌《いや》で、逃《に》げようとして思わず腰を前に押し付けると、もうとっくに準備万端《ばんたん》な感じの和泉様のものが当たって、ドキッとする。

全然触《さわ》ったりしてないのに、感じてるのかと思ったら今までと違《ちが》う意味で頰《ほお》が火照《ほて》った。

もしも、俺が触ったりしたら…どうなっちゃうんだろう……？

俺がこの人の体に感じちゃうみたいに、俺の手で感じちゃったりするんだろうか？

――って、何考えてんだ俺はっ！

なんで俺がそんなサービスしなきゃなんないんだよっ？　って言うか、そもそもなんで俺はこんなあっさりこの人にやられそうになっちゃってるんだ⁉

もっとなんかこう抵抗《ていこう》しないといけないんじゃ……なんて思ったときにはすでに遅《おそ》く、水着を足の付け根まで下げられていて…。

「……行くぞ」

「え、ちょっ…ああ…っ！」

一旦持ち上げられた腰を、ぐいっと下に引かれて簡単に和泉様のものが俺の中に入ってきてしまった。いや、すごい圧迫感《あっぱくかん》はあるんだけど、考え事をしていたせいで体に力が入っていなかったのか、それともお湯の中だからなのか、痛みはほとんどなくて……。

「や、ぁ……揺《ゆ》すんな…っ」

ずるりと抜《ぬ》け出ていく感触に、痺《しび》れるような快感が背中を駆《か》け抜ける。だけど、すぐにまた押し入れられて、抜き出されて…。

繰り返されるそのたびに、ちょっとずつお湯が入ってくる気がして怖《こわ》い。

「あ…っ、あぁっ…や、だ……ぁっ」

下からがくがくと突《つ》き上げられ、ぐちゃぐちゃにかき混ぜられる。

そのたびに俺は和泉様の背中に指をたてた。爪《つめ》は短く切ってあるから、傷付けることはないんだけど、和泉様が俺を持ち上げるたびにうねる後背筋の動きに俺はますます感じてしまう。

「お湯の中でもわかるくらいぬるぬるになってるな」

和泉様の腹に当たっているものを指先でなぞられると、腰ががくがく震えた。

「だ、めっ……さわんなっ…あっ」

「気持ちよさそうに腰振《こしふ》ってるくせに」

耳元で笑われて、頭の中がかっと熱くなった。

悔しい。腰振るってなんだよそれはっ!!

俺は和泉様をギッと睨《にら》むと、さっきそんなサービスする必要ないと思ったことも忘れて、震える指で和泉様の背中を撫《な》で下ろした。

「っ……」

息を飲む音が聞こえて、和泉様の動きが止まる。俺の中の和泉様が、ぐんと角度を増したのがわかった。

そのまま今度は、和泉様と繋《つな》がってる部分に手を伸《の》ばして、根元の部分に指で触《ふ》れてみる。

「くっ……っ」

自分で腰を浮《う》かせてから、外に出た部分を指の股《また》に挟《はさ》んで擦《こす》るように動かすと、和泉様の形のいい眉《まゆ》がぎゅっと寄ったのだ。

ざまーみろってんだ。

「腰振ってんのはあんただろ…っ」

ふふん、と苦しい息をこらえて、俺は鼻で笑ってやった。

俺だって男だ。これくらいのことは——。

「……いい度胸だ」

あ、あれ？

ぐいっと腰を掴まれて、深いところまで引き摺り落とされる。

「あっ、ちょっ……くっ」

さっきよりもっと大きくなっちゃってる和泉様のものが、奥まで入り込む感触に俺は息を飲んだ。

考えてみれば、和泉様のものが大きくなって苦労するのはどう考えても……俺、だよな。

けど、気付いたからってもう遅い。

そのまま好き放題に揺さ振られ、かき回されて、結局俺はのぼせてふらふらになるまでそこから出ることはできなかったのだった……。


「あ、マッサージの約束っ」

ぐったりと疲《つか》れ果てたまま和泉様の車に乗せられた俺は、すっかり暗くなった空を見て急に

そのことを思い出した。

「どうせもう約束には間に合わないんじゃないか？」

慌《あわ》てて見ると、車内の時計はすでに八時を回っている。これじゃ、家に着くのが十時過ぎになることは間違《まちが》いない。

あんなことがあったあとすぐに帰れば間に合ったのかもしれないけど、ふらふらになった俺は浩一兄ちゃんとの約束なんてすっかり忘れて——多分泳いだ疲れも合わさって——和泉様が取ってくれた部屋でぐーぐー眠《ねむ》り込んじゃったんだよな。

本当ならそのまま泊《と》まってしまいたいくらい疲れてた。でも、明日も仕事だし、それ以上に和泉様と一泊《ぱく》なんて絶対無理だし、どうしても帰るって主張して、こうして車に乗ってるわけなんだけど……。

「……ひょっとして最初っからそのつもりだったんじゃ…」

「さあな」

笑いを含んだ声で言われて、俺はむむっと眉を寄せる。

けど、電話をかけるのを邪魔《じゃま》する気はないみたいだったから、俺はさっさとズボンのポケットに突っ込んだままだった携帯《けいたい》を取り出して浩一兄ちゃんに電話することにした。

『カナ？』

「うん。浩一兄ちゃん今どこ？」

『もうすぐお前の家に着くところだけど……』

「ごめんっ、俺今ちょっと——仕事相手の人と一緒《いっしょ》でさ」

和泉様のことをなんと言っていいのか迷った挙句そう言う。ちらりと和泉様を窺《うかが》うと、なんだかちょっとびっくりしたような顔をしていた。

『なんだ、仕事入ったのか？』

「う、うん。なんて言うかその、急にお客様から呼び出しがさ……」

『そうかー、ならしょうがないな…。またにするか』

「うん……。ごめん」

『いいって。んじゃな』

プ、と音をさせて通話が切れた携帯を見つめてため息をつく。

「……お兄さんだったのか？」

「え？」

「マッサージの相手」

「ああ、兄じゃなくて、従兄弟《いとこ》です」

従兄弟、と言った途端、和泉様の顔はちょっと迷ってるような感じになった。

「従兄弟か……ずいぶん仲がいいんだな」

「はぁ、まぁ……年も近いし…」

なんでそんなこと訊《き》くんだろうと首を傾《かし》げてから、ふと和泉様が昼間言っていたことを思い出した。

『――お前が他《ほか》の男のマッサージを――しかも個人的にするとか言うから、柄《がら》にもなく頭に血が上った』

アレってつまりはその……妬《や》いてたってことだよな？　つまり、この質問もその延長ってことで……。

「あ、あのっ、違《ちが》いますからねっ、浩一兄ちゃんと俺は本当に従兄弟で、マッサージもたまに、その、どうしてもってときにしてるだけで……」

また何かされるんじゃないかと慌てて弁解すると、和泉様はそんな慌てた様子の俺を横目で一瞥《いちべつ》した。

「それでも気に入らない」

「気に入らないって……」

なんであんたにそんなこと言われなきゃなんないんだよ、という台詞《せりふ》が咽喉元《のどもと》まで出かかったけど、なぜか熱くなってしまった頰《ほお》が気にかかって、言葉にはならなかった。

「仕事以外でお前がマッサージする相手がいるって思うと腹が立つ」

子どもみたいなことを言う人だと思う。だけど――なんでだろ？　嫌《いや》な感じはしなくて、そんな自分に俺は戸惑《とまど》ってしまう。

「そう言えば、引き抜きの話、考えてくれたか？」

引き抜き？　言われて、そう言えば昨日そんな話をされたのだと思い出した。

「そんな顔してるとこを見ると、忘れてたんだな」

「すみません……」

言い当てられて、俺は首を竦《すく》める。

だって昨日はちょっと話しただけで、途中で美原さんがきて中断しちゃったし……。

「本気だとは思わなくて」

「俺はいつでも本気だ。ホテルの完成は来年の三月。内装だけじゃなくて、設計段階から全《すべ》て俺が取り仕切ることになってる。昨日も言ったが、雇用《こよう》条件については大抵《たいてい》聞いてやれるぞ」

どうだ？　と訊かれて俺は雇用条件云々《うんぬん》よりも、その前の言葉で心が揺《ゆ》れた。

設計から全部……。考えただけでどきどきしてくる。『イズミヨシナリ』のデザインは、スプリングロイヤル以外にもいくつか実際に見に行ったり写真で見たりしたことがある。どれもみんな斬新《ざんしん》で個性的なのに柔和《にゅうわ》でほっとするものばかりだった。

「あ」

「なんだ？」

思い出した。

「あの、今日のプール。あれも和泉様がデザインしたんですよね？」

どこかで見たことがあったと思ったら、写真だったんだ。浩一兄ちゃんがまとめた雑誌の切り抜《ぬ》きのファイルの中に、あのプールの写真もあった気がする。

「ああ。よく知ってるな」

和泉様は突然《とつぜん》の話題転換《てんかん》にも、話を逸《そ》らすなと怒《おこ》ることはなく、驚《おどろ》いたような顔でただ頷《うなず》いた。

「従兄弟が建築関係で、その…雑誌で偶然《ぐうぜん》見たことがあって」

俺はごまかすようにそう言って、顔の前でパタパタと手を振る。今となっては、和泉様のデザインが好きだからなんて、とてもじゃないけど言えないよな。

なのに。

「——何、にやにやしてるんですか？」

「いいや？ 偶然でもなんでも、気に入らなければ覚えてないだろ？」

さらりと言われて、また顔に血の気が上る。

そりゃ確かにその通りなんだけどさ。

「建築に興味あるのか？」

「全般《ぜんぱん》ってわけじゃないですけど、その従兄弟の影響《えいきょう》で……」

「また従兄弟か？」

って、そんな不満そうに言われても……。

「まぁ、従兄弟だけじゃなくて父もですけど」

ごまかすように付け足したけど、和泉様はまだ不満気だった。

「和泉様はどうしてインテリアデザイナーになったんですか？」

話を逸らすついでに、昨夜から気になって仕方がなかったことを訊いてみることにする。

和泉様は俺が話を逸らしたことに、仕方がないというように嘆息《たんそく》した。

「うちがもともとは旅館だったってことは知ってるか？」

「え、そうなんですか？」

言ってみれば自分の職場の話でもあるのに、全く知らなかった。正直言って、上のほうがどうなってるのかは興味がなかったし。

「京都にある古い旅館だ。それをリニューアルするって話が出たのが、デザインに進もうと思った最初の理由だな。俺は実家が好きだったし、変えたくなかった。どうしても変えるなら自分の手でしたかったから、待ってもらったんだ」

……なんか意外だ。そんな理由があったんだ……。

だけど――。

「和泉様は――その、ロイヤルホテルグループの副社長なんですよね？」

なんかよくわからないのはその辺りだ。

普通《ふつう》そういう人って、兼業で他の仕事もできるもんなんだろうか？

さすがに畑が違いすぎるし、難しいと思うんだけど。

「ああ、デザイナーとしての仕事はもう辞めたんだ」

「えっ？　や、辞めたってどういうことですかっ？」

聞き捨てのならない話に、俺は驚いて和泉様を凝視《ぎょうし》した。

「まぁ実際には、次のホテルが最後の仕事ってことになるか」

「そんな……」

クオリティの高さや、関《かか》わった店の集客率の高さ、ついでに言えばデザイン料の高さでも国内一と言われるくらいのデザイナーなのに？

「こんな言い方失礼かもしれないですけど……勿体《もったい》ないと思わないんですか？」

ホテルの経営の仕事が悪いって言うわけじゃないけど、和泉様のデザインのファンとしては複雑な気分だった。

和泉様がデザインの仕事を辞めちゃうことを、勿体ないと思っているのは俺のほうだ……。だけど。

「思わない。家のリニューアルだけできればいい、くらいの気持ちだったしな。まぁ、始めてみたら予想外に楽しくて、続けてきたけど……今は建物から人材まで全部自分の理想通りのホテルを造るのが夢なんだ」

あっさり否定された上に、『夢』なんて言葉が出てきたことに驚いて、俺は目を瞠《みは》った。

言い切った声に迷いは一切《いっさい》なくて、それどころか目は楽しそうに輝《かがや》いている。

「…………どんなホテルなんですか？」

そこまで言うホテルってのがどんなものなのか気になって、俺はついそんな質問をしてしまう。

「テイスト的には和風。基本コンセプトは安らぎ。まぁ、ありがちだけどな」

そんな風に言いながらも、ありがちなものにするつもりなんて微塵《みじん》もないという自信を持っているのがわかる。

和風って言うのは、やっぱり和泉様のデザインの根底に、ご実家である旅館があるからだろうか。そう言えばスプリングロイヤルも、和風スイートは特に優《すぐ》れたデザインだって言われていたはずだ。和泉様が泊《と》まっているロイヤルスイートよりも人気があって、週末なんかはもうずっと予約で一杯《いっぱい》なんだよな。

「とにかく客室にこだわりたい。ここから出たくない、と思わせるくらいに贅沢《ぜいたく》な空間を造る。部屋数は抑《おさ》えて、スタンダードルームでも五十五㎡を割らないようにする。部屋ごとに造りが違うようにして――――」

和泉様の口から零《こぼ》れる新しいホテルのビジョンに、俺はどきどきしながら聞き入ってしまう。

デザインの仕事は今手がけてるホテルで最後、そう言ったけど、和泉様の話を聞いていればそれが永遠にデザインと決別するって意味じゃないことがわかってくる。

一生、そのホテルと付き合っていく気なんだ。きっと、必要ならその都度リニューアルを繰《く》り返して、そのホテルのデザインだけをずっとしていくんだろうな。

見てみたい、と思う。見るだけじゃなくて、泊まってじっくり味わいたい。

聞けば聞くほどその思いが強まって、俺はなんだか自分のことみたいにわくわくした。

「――だから」

和泉様は一通りホテルのコンセプトについて語ったあと、右手で俺の手を掴《つか》んだ。ぎょっとして振《ふ》り払《はら》おうとしたけど、かえって強く握《にぎ》り締《し》められてしまう。

いくら高速乗ってて運転が安定してるからって、走行中に人の手を握るのはやめて欲しい。

そう文句を言おうとしたのに、次の和泉様の台詞《せりふ》に俺は何も言えなくなってしまった。

「スパやフィットネス、エステルーム以上に、客室でできるマッサージに力を入れたい。そのために、どうしてもお前が欲しい」

ぎゅって、心臓を掴まれたみたいだった。

そのホテルで俺が働ける？

ぐらぐらと心が揺れた。だけど頷いてしまいそうになってから、はっと気付く。

――待て。本当にいいのか？

確かにホテルはきっと和泉様が言う通り素晴《すば》らしいものになるだろうけど、そのホテルで働くってことは、和泉様の下で働くってことで……。

それってまずいよな……？

今でさえこんな好き勝手振り回されてるのに、同じ職場で働くなんて葱背負《ねぎしょ》って自ら鍋《なべ》に入る鴨《かも》みたいなもんじゃないか？

ギリギリのところで、俺は首を横に振った。

「すみませんけど、俺今のホテル辞める気はないんです」

その言葉に和泉様は驚《おどろ》いたようにして、一瞬《いっしゅん》俺のほうを見た。まさか断られるとは思ってなかったって顔だ。

確かに自分でも本当に勿体ないって思う。和泉様と出会う前に、こんな変な関係になる前に誘《さそ》われてたら、二つ返事でオッケーしてただろう。

「……理由は？　まさか秀人のせいじゃないだろうな」

「え？　そ、そんな違《ちが》いますよ。美原さんは関係ありません」

なんで、俺があのホテルを辞めないのが美原さんのせいなんだよ。ひょっとして、この人も信じてたら、従兄弟《いとこ》の愛人に手を出したりなんてしないだろうし。

俺が美原さんの愛人だっていう噂《うわさ》を信じてるわけじゃ……ないよな？

「なら何故《なぜ》だ？」

「えと……それは、その…今のホテルで働き出したばかりですし、中途半端《ちゅうとはんぱ》なところで辞めたくないし…」

それだけって……まぁ、確かに自分でも理由としてはちょっと弱いかと思うけど。

「って言うか、いい加減手を放してください」

ごまかすように怒鳴《どな》ると、和泉様はやっと俺の手を放してくれた。それから一つため息をつく。

「時間はたっぷりあるんだ。ゆっくり考えて構わない。――ともかく、秀人との噂はあくまで噂なんだな？」

「う、噂って……」

まさか。

「お前が秀人の愛人で、特別待遇《たいぐう》を受けてるってやつに決まってるだろう」

くらりと眩暈《めまい》がして、俺は窓にすがりついた。

やっぱりその噂なのか……っ。

「おい、なんで何も言わないんだ？　まさか本当だなんてことは――」

「ないっ、ないっ、絶対ないっっ！」

俺が振り向いて叫《さけ》ぶと、和泉様はほっとしたように表情を緩《ゆる》めた。

けど、俺の顔はまだがちがちに強張《こわば》ったまま。だって、なんでこの人がそんな噂知ってるわけっ？　美原さんの従兄弟でホテルの関係者だとは言っても、従業員でもないこの人が知って
「それだけか？」

るってことは、ひょっとして従業員はみんな知ってるってことなんじゃないか？

怖《おそ》ろしい仮定に、俺はがっくりとうなだれてしまう。

「最悪……」

「デマならデマでちゃんと否定すればいいだろう」

「否定しようにも俺が聞いたのって一昨日《おととい》くらいの話なんです。その上、誰《だれ》に対して否定すればいいんだか見当もつかないし…」

大体否定しようにも、俺には職場で口を利《き》くような相手といったら、それこそ当の美原さんとアシスタントマネージャーくらいだ。

一応、仕事仲間といえるエステティシャンたちとはあんな調子だし……。

「それに噂って下手《へた》に否定すると、ますます信憑性《しんぴょう》を持たせることになったりするし……。大体、和泉様はどこで知ったんですか？　そんな噂」

「エステティシャンの女の子たちが言ってるのを立ち聞いたんだ」

「……なんだ。ってことはそんなに広まってるわけじゃないのかな」

俺が聞いたのも彼女たちからだったし、そんなこと言ってるのは彼女たちだけかもしれない。

「だったら、今の内にあの子たちにだけでも違うって言っておいたらどうだ？　広まってからじゃ鎮火《ちんか》するにも時間がかかる」

簡単に言う和泉様に、俺は思わずため息をついた。

「そんな仲良くないんです」

「上手《うま》くいってないのか？」

「上手くいってたら、そんな噂も出なかったと思いますけど」

言いながら、本当にそうだよなぁ、としみじみした気分になる。

「まぁな…」

和泉様はそう言って苦笑《くしょう》すると、右手で俺の頭をぽんと軽く叩《たた》いた。

「お前が悪いわけじゃないだろ？」

その言葉に少しだけ気持ちが浮《う》き立つ。子ども扱《あつか》いをされた気はしたけれど、なぜか嫌《いや》な気分じゃなかった。

「まずは、少しでも親しくなることだな。まだまだ未熟だから練習させてもらえないかとでも持ちかけてみろ。エステティシャンは体を使う仕事で疲《つか》れてるから、ただでマッサージしてやると言えば乗ってくるだろ」

「……そうでしょうか…。上手くいくとは思えないけど…」

話すことすらまともにできないくらいなのに？

「集団でいるところに声をかけるからダメなんだ。一人でいるところを狙《ねら》え」

「狙えって…」

あまりの言い草に思わず笑ってしまう。

けど、集団でいるときは強気でも、一人のときはそれなりに隙《すき》があるものだと言われるとそんな気もしてくる。

「そうすれば、とりあえずお前の腕《うで》がいいことは事実だと認めさせることが絶対にできる。愛人だから待遇がいいなんて話はいずれ立ち消えるだろ」

「……」

俺は思わず絶句して、和泉様を見つめた。

「？　どうかしたか？」

「あ、いえ……なんでもないです」

俺はぶんぶんと頭《かぶり》を振る。それからどきどきと嬉《うれ》しげに高鳴る胸を、服の上からそっと押さえた。

……嬉しかった。

和泉様が俺の腕を褒《ほ》めてくれたこと――そして、『絶対』なんて断言してくれたことが。

「あ、あと、秀人には気を付けろよ」

「え？」

当たり前のことを言うように言われて、俺は首を傾《かし》げた。

美原さんに気を付ける？　って、どういうこと？

「あいつの目当ては絶対、お前の技術だけじゃない」

「は？」

「認めたくないがあいつとは嫌って言うほど好みが似てるんだ。絶対に隙を見せるなよ」

「大丈夫《だいじょうぶ》だと思いますけど……」

好みって、まさか『手』の好みじゃないよな？　なんて思いつつ、俺は曖昧《あいまい》に頷《うなず》いた。

まぁ最近ちょっと風向き怪《あや》しいけど、今だって全然隙を見せたりしてないし。むしろ隙を見せたら危ないのは和泉様のほうだ。しかも、俺のほうは隙なんて作りたくなくても、その体で迫《せま》られたらいつだって隙だらけになっちゃうし……。

うん、やっぱり警戒《けいかい》するべきなのは和泉様だなと俺は心の中で大きく頷いたのだった。

◇

金曜日。

明日も出勤だという浩一兄ちゃんが、週末の忙しいところ悪いけどもう腕が上がらない……と、俺の部屋までマッサージのためにやってきたのは、夜の十時を回ってからのことだった。

「なんか機嫌いいな。いいことでもあったのか？」

「わかる？」

浩一兄ちゃんの肩《かた》を揉《も》みつつ、俺は含《ふく》み笑いを零《こぼ》した。

「仕事関係か？」

「まぁそうかな」

相槌《あいづち》を打ちつつ、今日の帰り際《ぎわ》のことを思い出して、俺はまた笑《え》みを零してしまう。

というのも……実はたまたま廊下《ろうか》でばったり出会った美女軍団の一人に挨拶《あいさつ》を返してもらえたんだよね。その上『今度私もお願いできる？』なんて言われちゃったのだ。

なんかすごく小さなことだけど、めちゃくちゃ嬉しかった。

やっぱ挨拶って、コミュニケーションの第一歩だと思うしさ。

「なんだよ？　マジで嬉しそうだな？」

「へへー」

——そう、あれから四日。

俺は和泉様に言われた通り、こつこつと美女軍団との接触《せっしょく》を図っていた。

最初はいきなりマッサージするなんて言って、セクハラだとか思われたらどうしようかと思ったけど、一人上手《うま》くいったらあとはなんかなし崩《くず》しっていうか……。

それもこれも、最初に声かけた相手がよかったのだ。その人は篠崎《しのざき》さんといって、一日観察してみてあまり集団で行動してなかったから声かけてみたんだけど。実際に話してみたらすごくいい人だった。

和泉様に言われた通り『よければマッサージをさせて欲しい』『プロとして感想を聞かせて欲しい』と言った俺に、彼女はあっさり『いいよ』って頷いてくれたのだ。思わず『本当にいいんですか？』と訊《き》いてしまったんだけど、そんな俺に向かって『そんな泣きそうな顔で言われて断ったら、私がいじめたみたいじゃん』と笑ってくれたりもした。

そのあと篠崎さんが他《ほか》の人に繋《つな》ぎをつけてくれて、とりあえず今のところまだ三人だけだけど、このままだったら全員制覇《せいは》する日も遠くないかもと思うとついにやにやしてしまう。

もともと俺は女友達の多いタイプでもないし、女性ばっかりの職場っていうのも初めてだったから、今までは俺のほうも多分構えすぎてたんだと思う。

だから、挨拶はしてたけど誤解されてるってわかってからも、自分から積極的に話しかけて誤解を解こうとしたことはなかった。

和泉様に言われなかったらずっとあのまま、ぎすぎすした環境《かんきょう》の中で自分を騙《だま》し騙しやっていたと思う。仕方がない、自分が悪いわけじゃないって、そんな風に言い訳して諦《あきら》めながら。

「それにしても浩一兄ちゃんこれ酷《ひど》すぎない？」

全く指の入る隙間《すきま》がないほどごり固まった筋肉に、俺は思わずため息を零した。

って、この前俺が和泉様の妨害《ぼうがい》でキャンセルしたせいか。

「頭痛かったりしない？」

「あーもー頭痛もするし、目の奥も痛いし、首も背中も腰《こし》も痛い」

「マジごめん。この前はどうしても……抜《ぬ》けられなくて」

何からとは口が裂《さ》けても言えないけど。

「いいって。本当は俺がホテルまで行くべきなんだからさ」

浩一兄ちゃんはそう言って苦笑《くしょう》する。

「マジで、一度は行きてーと思ってんだけど、とにかく高いしなー。レディースプランってわけにいかねーし」

そりゃそうだ。けど、そう考えると男って大変だよな。

男性客の場合、泊《と》まり以外の方法でマッサージを受けたりするプランってないもんな……。

だから当然、俺がマッサージをするときの男女比は圧倒《あっとう》的に女性が多い。

「平日も無理だし、ってことは通常価格で週末に一人で泊まんなきゃだろー。なんかそれって俺めちゃくちゃ淋《さび》しい奴《やつ》みたいじゃね？」

「まぁなぁ。けど、実際一人で泊まってる人もいるし……」

しかもロイヤルスイートに。

って言ってもあの人の場合関係者なんだから、仕事場に泊まってるようなものなのかもしれないけど。どっちにしろめちゃめちゃ贅沢《ぜいたく》な話だよな。

「まぁ気にするほどでもないか」

「そうそう、周りは気にしてないって」

「実際一度は泊まっときたいしなぁ。けど、どうせ泊まるならスイートとまではいかなくてもスーペリアくらいまでは頑張《がんば》りたいし……」

大きなため息を零す浩一兄ちゃんに、ついつい顔が引きつってしまう。

ついこの間までだったら、俺も二つ返事で頷いてるところなんだけど……。あの人が造ったんだと思うと、めちゃめちゃ複雑な気分。

「そんなに好きなんだ？」

「ああ。お前だってそうだろ？　色彩《しきさい》センスとかも飛び抜けていいんだよな。あと質感の捉《とら》え方が――」

楽しそうに語り出した浩一兄ちゃんに、俺はとりあえずうんうんと頷いた。

「あ、そう言えばさ」

「ん？」

ひとしきり話したあと、思い出したというように浩一兄ちゃんが顔を上げた。

「今度その人が設計から何から全部やってるホテルができるんだよ」

「……知ってる」

ちょっと悩《なや》んでそう答えたのは、相談してみようかなと思ったからだ。浩一兄ちゃんは驚《おどろ》いたように目を見開いている。

「実はさ――」

先日から泊まっていたお客様がその『イズミヨシナリ』だったこと、その新しくできるホテルの経営をすること、そして、そこで働かないかと誘《さそ》われたことを話した。

「すげぇじゃんっ！　当然受けたんだよな？」

「………保留？」

「は？　なんでだよ、めちゃめちゃいい話じゃん」

浩一兄ちゃんは物凄《ものすご》く怪訝《けげん》そうな顔になった。

「そう――だよなぁ」

「そうだよ！」

そうなんだけどさ。自分のことみたいに喜んでいる浩一兄ちゃんに俺は苦笑した。

考えてみれば、断りたい理由については話せないんだから、浩一兄ちゃんにとっては一つも悪いところなんてない話のように聞こえるはずだ。相談する意味ってないかも……。

「なんですぐ返事しなかったんだよ?」

「や、だって、今のとこだって入ったばっかだし」

「そんなん同じ系列なんだから、大して角も立たないだろ? 大体来年の三月まで働けばとりあえず丸一年は働いたことになるじゃん」

確かにその通りなんだけど。

「今のとこだって内装が気に入って決めたようなもんだろ? だったら今度のホテルだって別にいいっていうか、今度のほうがいいに決まってる!」

畳《たた》み掛《か》けるように力説されて、またぐらりと心が揺《ゆ》れる。

「けどさー、最近見ないと思ってたらそんなことしてたんだな」

「え?」

「『イズミヨシナリ』だよ。去年辺りからがくんと依頼《いらい》を受ける量が減ったと思ったら……まさかホテルの経営なんてなぁ……」

その声は力なくて、なんだか気が抜けたような感じだった。

「やっぱり勿体《もったい》ないと思う?」

「そりゃそうだろ。イズミヨシナリって言ったら、あの若さで日本を代表するって言ってもいいくらいのインテリアデザイナーなんだぞ。名声もデザイン料もめちゃめちゃ高いし。大体そんなこと言わなくたって、あのデザイン見りゃわかるだろ？　勿体ないと思わないほうがおかしいんだよ」

常日頃《つねひごろ》からあの才能が俺にもあれば、なんて零している浩一兄ちゃんのほうが俺よりもよっぽど、勿体ないという気持ちは強いらしい。

「そのホテルすごいことになるんだろうな。イズミヨシナリのデザインって言ったら、ちょっと口出したってだけでも集客率が倍になるくらいなのに、造って、経営までするわけだろ？　話題性も抜群《ばつぐん》だし、出来だっていいに決まってるし、泊まりに行きたいけど予約取るのも大変って感じになるだろうな。……お前悩んでる場合じゃないんじゃねーの？」

……そうかもしれない。

客観的に見ればそうなんだろう。そんな話に乗らないほうがおかしい。けど…けどさ、それが自分の身の危険と引き換《か》えだってことになったら、話はまた別って言うか……。

……別のはずだ。なのにどうしてこんなに迷うんだろう。

最初の日にはもう二度と顔も見たくないって思った。

次の日には引き抜きの話をされて、びっくりしたけど正直受ける気はなかった。

いきなり家にこられたときも迷惑《めいわく》なだけで……。

あれから何日もたたないのに、今はこんなに迷ってるなんて変な話だと思う。

「とにかく、さっさと受けて、俺が予約できるように口利《き》いてくれよ。な?」

答えが出ないまま、浩一兄ちゃんの言葉に俺は曖昧《あいまい》に笑って、マッサージを再開した。

◇

「運動したほうがいいですよって言ったのに……」

うっとりしつつも思わず零《こぼ》れた小言に、和泉様はちょっとだけ笑った。

土曜日の夜。三日振りにマッサージする和泉様の体は、当然のようにこり固まっていた。

なんかひょっとしてこれって、こってる体に夢中になっちゃう俺に対するサービスなのかって誤解しそうなくらいの勢い。

「暇《ひま》がないんだ」

その言葉に、せっかくこんなにいい体してるのに勿体ない、とため息が漏《も》れてしまう。

もしこれが俺の体だったら、完璧《かんぺき》なケアをしてやるのになー。そう思うとついつい腰を揉《も》む手にも力がこもる。

「忙《いそが》しいのはわかりますけど、ストレッチでもするとか……」

今度ちょっとした合間にできるストレッチの本、コピーしてきたほうがいいかもしれない。

「それに、ここにもプールあるんだし、寝《ね》る前に泳いでみたらいいじゃないですか。血流もよくなって、こりもほぐれるしぐっすり眠《ねむ》れるし、いいことずくめですよ」

この前連れて行ってもらったホテルのプールには敵《かな》わないけど、それなりの広さはあるし、スパだってついてる。泳ぐだけなら全く問題ないはずだ。

「ここのプールじゃさすがにお前を誘ってってわけにいかないだろ」

そりゃ、お客様と一緒《いっしょ》にプールで遊ぶわけにはいかないけど……。

「って、俺は関係ないでしょーがっ」

やばいやばい、うっかり和泉様のペースに乗せられるところだった。まぁ、確かにプールは楽しかったけど……。そのあとスパでされたことを考えるとつい顔が熱くなってしまう。

和泉様が顔を上げて俺を見る。咄嗟《とっさ》に赤くなった頬《ほお》を隠《かく》そうとしたけど、手を摑《つか》んで止められてしまった。

「また一緒に行ってくれるんじゃないのか？」

笑いを含《ふく》んだ声に、俺はうろうろと視線をさまよわせる。俺がイエスと言うことを一ミクロンたりとも疑ってないのがわかって、悔《くや》しい。

けど、悔しいって言うのはつまり……自分でもイエスって言ってしまうことがわかってるからなわけで。

「…………まぁ……プールだけなら」

ううう負けた。

「楽しみだな」

和泉様はとろけるような笑顔《えがお》でそう頷《うなず》いた。でも、なんかそんなに喜ばれると、困るんだけど……プールに行くくらいで――。

「あっ、でも！　スパは二度とごめんですからっ」

俺が慌《あわ》ててそう付け足すと、和泉様は一瞬虚《いっしゅんきょ》を衝《つ》かれたような顔をしてから、声を立てて笑い出した。

「何がおかしいんですかっ」

そんなに笑うことないだろ！

ますます熱くなる顔が恥《は》ずかしくて、俺は顔を背《そむ》けた。横顔に痛いくらい和泉様の視線を感じる。

そうすると、もうなんかいてもたってもいられないような気持ちになって……。

なんでだろ？　なんか今日の俺はおかしい。三日振《ぶ》りに和泉様の体に触《さわ》れてるせいか？　もう、いい加減慣れてもよさそうなものなのに……。

「…っ…たく、そんな可愛《かわい》い顔されると、押し倒《たお》したくなるだろ」

「な……っ、何言って…」

可愛い顔なんてしてないし、押し倒されるなんて冗談《じょうだん》じゃない。

なぜか速くなる心音を無理やり無視して、俺はキッと和泉様を睨《にら》みつける。

「変なことばっかり言ってないでおとなしく寝転《ねころ》んでてくださいっ！」

「はいはい」

和泉様は俺の手を放しておとなしくうつ伏《ぶ》せになる。

ここ数日でわかってきたことだけど、和泉様はマッサージの邪魔《じゃま》はほとんどしない。今みたいに会話で多少中断されても、そのあとは割合素直《すなお》に再開させてくれる。

だからマッサージの間だけは、なんの心配もなく没頭《ぼっとう》できるのだ。

まぁ、これだけ体がこり固まってれば、妨害《ぼうがい》をする気にならないのも頷けるよな。

マジでどんな生活してたらこんなことになるんだ？　もちろんこりやすい体質の人っていうのはいるけど……。

そんなに仕事が忙しいんだろうか、と少し心配になる。

「……ホテルってできる前のほうができてからより忙しいものなんですか？」

和泉様は美原さんと同じって言ったけど、正直美原さんよりよっぽど忙しそうに見えるんだよな。

あ、でもそう言えば美原さんも最近は全然見かけないか…？　ひょっとして、時期的に忙しいんだろうか。

「今はそのホテルのほうもそうだが、本社のほうがごたついていて、いろいろと面倒《めんどう》なことが多くてな」

俺の考えを裏付けるようなその声は、珍《めずら》しく疲労《ひろう》が滲《にじ》んでいた。

なんかどんなことでも軽々と、しかも完璧《かんぺき》にこなしちゃいそうなイメージなのに意外かも。

まぁ、それだけ大変だってことなんだろうけどさ。建物自体はともかく、人事なんかの問題もあるんだろうし、その上本社のほうもって言うんだから……。

「あんまり無理しないでくださいね」

「心配してくれてるのか？」

嬉《うれ》しそうな声で訊《き》かれて、一瞬怯《ひる》む。

「——お客様の体を心配するのは当然のことです」

別にあんただから心配したってわけじゃないんだからな。

平静を装《よそお》って言うと、和泉様は俺が動揺《どうよう》したのなんてお見通しというようにちらりと視線を上げて笑った。

「なんですか？」

「いや、可愛くないこと言ってても可愛いなと思って」

「………変なこと言わないでくださいって何度言えばわかるんですか？」

「変なことなんて言ってないだろ。大体お前こそ『和泉様』はやめろって、何度言えばわかるんだ？」

「それとこれとは関係ないじゃないですかっ」

あーもう、減らず口ってこういうのを言うんじゃないか？

これ以上言い返してもからかわれるだけだと悟《さと》って俺は口をつぐんだ。減らず口が直るつぼがないか今度調べてみようと内心思いつつ。

そんな調子で、マッサージを終わらせた俺は、これから食事に行こうと言う和泉様に、冗談じゃないと首を横に振《ふ》った。

「なんでだ？　もう食べたのか？」

「食べてはないですけど、どうして俺が和泉様とご飯食べなくちゃなんないんですか？」

あんた自分が俺にどんな仕打ちをしてきたかわかってるのか？　と思う。

「俺が食べたいからに決まってるだろ」

……ああそーですか。

呆《あき》れて「とにかく行かない」と言おうとした俺は、次に出てきた言葉に思わず息を飲んだ。

「鉄板焼きの店なんだが、ここの海鮮《かいせん》が最高なんだ」

海鮮、鉄板焼き……。それって……。

「ひょっとしてこだま亭《てい》ですか？」

「ああ、知ってるのか？」

知ってるも何も。半年ほど前に和泉様がデザインした店で、浩一兄ちゃんともいずれ一度は行ってみたいと何度も話に上っている店だった。

けど浩一兄ちゃんとはなかなか休みが合わないし、予約が取れないのもあって実現していない。

「とくに伊勢海老《いせえび》と鮑《あわび》が美味《うま》いんだが嫌《きら》いか？」

「……………好きですけど」

「なら決まりだな」

その言葉に俺は内心、また負けた、と思いつつ頷いたのだった。

店は思った通り素晴《すば》らしい造りだった。外観は京町家っぽくて、格子《こうし》の並びが綺麗《きれい》。中は床《ゆか》がちょっと変わった形の組み木で、壁《かべ》にもそれが少し使われている。和風と、昔っぽい洋風モダンが合わさった感じ。広さはそれほどでもないんだけど、席も多くないから狭苦《せまくる》しい感じはしない。

やっぱり『イズミヨシナリ』はすごい、と思わず目をきらきらさせて内装に見入る俺を、和泉様が面白《おもしろ》そうに見てたけど、我慢《がまん》できなくてついきょろきょろしてしまった。

「気に入ったか？」

「はいっ」

周りにいた人は、まだご飯を食べる前なのに変な会話だと思ったに違《ちが》いない。

「でも、大丈夫《だいじょうぶ》なんですか？　もうラストオーダーもすんでるんじゃ……」

「心配しなくていい」

和泉様の言葉通り、俺たちはすんなりと半年先まで予約で一杯《いっぱい》という噂《うわさ》の個室に案内された。

その室内の様子を眺《なが》めるだけで、食べる前からお腹《なか》一杯になりそうになる。なんて思いつつも、目の前で鮑や伊勢海老、近江《おうみ》牛を焼かれればあっという間にお腹が空いていたことを思い出した。

建物にばっかり気を取られていたけど、料理のほうもそれに負けないくらい美味《おい》しかった。料理と建物がお互《たが》いを上手《うま》く引き立たせてる感じがして、雰囲気《ふんいき》がもたらすものって本当に大きいんだと感心してしまう。

そのせいかいつもより沢山《たくさん》食べた気がするし、勧《すす》められるままにワインも飲んでしまった。最初は、和泉様が飲まないなら遠慮《えんりょ》しようと思ったんだけど、絶対に合うから試《ため》しに飲んでみろとか、遠慮するなとか言われてついつい。でも、ちょっと飲んだらそれがまためちゃめちゃ美味くて、止まらなくなってしまったのだ。

で、今は窓際《まどぎわ》に置かれたソファで食後のコーヒーとデザートをいただいているところだ。窓の外はほのかにライトアップされた日本庭園で、よく手入れされた芝《しば》がきらきら光って見える。なんかめちゃめちゃ贅沢《ぜいたく》。その上このソファがまた……。

「はー……」

「どうした？」

「このソファ、もう立ちたくなくなりますよね」

食事と一緒《いっしょ》にとったワインが回ってるせいか、余計にそう思う。思わず目を閉じて呟《つぶや》いた俺に、和泉様が笑い声を立てた。

「なら、家が決まったらこのソファと同じソファを置いておこう」

「……俺は行きませんよ」

「そうなのか？　お前専用にしてやるぞ？」

そんな風に言われるとついつい心が揺《ゆ》れるけど、頷《うなず》かない程度の分別はある。だけどなんだかおかしくて、ちょっと笑ってしまった。

「そう言えば、家が決まったらって……今はないんですか？」

ずっとホテルにいるのもそのせいなのかな？

「ああ。買うか建てるか迷ってるのもあるし。建てるにしても一旦《いったん》はどこかに借りるかこのままホテル暮らしか……。まぁ、どっちにしたって今は考えてる暇《ひま》もないしな」

「そうですか」

人をプールに拉致《らち》ったりする暇はあるみたいなのに。

「あ、マンションのリフォームとかもなさってますよね？」

そしたら建てるよりは早く移れるんじゃないのかな？

「数は多くないけどな。――お前のもしてやろうか？」

えだけど。

冗談《じょうだん》だとは思っても、正直その言葉には胸が躍《おど》った。もちろん「賃貸《ちんたい》だから無理です」が答
「今のところは社宅扱《あつか》いだろ？　俺のところにくれば、お前の住む部屋はお前が好きなように
手を入れてやるぞ？」

引き抜《ぬ》きの話を蒸《む》し返されて、俺はまた返答に詰《つ》まる。

俺が『イズミヨシナリ』のファンだって、絶対気付かれてるよな……。攻撃《こうげき》も妙《みょう》にピンポイ
ントだし。このままじゃいずれ本当にイエスって言ってしまいそうで怖《こわ》い。

「──そう言えば、要はどうしてマッサージ師になろうと思ったんだ？」

時間はたっぷりあるって言ったのは嘘《うそ》じゃないらしく、和泉様は俺が沈黙《ちんもく》したのを見てさり
げなく話題を変えてくれた。

「なんでって……」

「建築関係も考えたことがあったんじゃないか？」

その言葉に俺は驚《おどろ》いて和泉様を見る。

「…わかりますか？」

「これだけこだわられればな」

くすりと笑われて、俺はため息をついた。

「そっちに進もうって思ったこともあったんですけど、もうとにかく向いてなくて」

父さんの仕事や、浩一兄ちゃんの作品を見てるうちに、自分にこの手の才能がないことは薄々《うすうす》感じていた。

造りたいものはイメージとしてある。和泉様が作り出すみたいなほっとできる場所。個人の家もそうだけど、学校とかそういう公共の場所も造ってみたかった。

けど、実際はそこにいて心が温かくなる空間を造るとか言う以前に、基本的なところでもう全然駄目《だめ》だった。俺は空間認識《にんしき》能力が物凄《ものすご》く低い。平面のものを立体にして考えることが全然できない。そんなんじゃパースを引くなんてとてもじゃないけど無理だ。

そうなると他《ほか》に興味のあることも、やりたいこともない。とりあえず大学に行って考えようかなって、そんな感じで。

「でも、そのころの担任が肩《かた》こりの酷《ひど》い人で、なんかの機会にマッサージをしてやることになって……」

向いてるかもって思ったのは、それが最初だった気がする。

職業としてこれいいかもって思ったのは、本当に自分でもびっくりしたけど……。

「いろいろ調べてたら結構面白《おもしろ》くなってきちゃって、それでそのまま専学行ってって感じです」

安らげる建物が造れなくても、別の方法で安らぎを提供することならできるかもしれないとも思った。

実際マッサージにくる人のほとんどは疲《つか》れた人で、そういう人の体とか心とかをほぐしてあげられるのが楽しいし、嬉《うれ》しい。

こってる体を見ると何がなんでも楽にしてやるって闘志《とうし》がわくし、気持ちいいって言われるとすごい達成感がある。

最初はほとんど思い付きみたいなものだったけど、今も全然後悔《こうかい》していない。むしろ——。

「なら、俺はその担任に感謝しないとな」

たった今、自分が考えていたことを言われて驚いた。顔を上げて隣《となり》に座る和泉様を見ると、懐《なつ》かしい大切な宝物を見るような目で笑っていて……。

——なんでそんな顔するんだよ…？

「…しなくていいです」

俺は俯《うつむ》いて、呟くように言い返した。そんな風に笑わないで欲しい。照明が暗めでよかった、と思う。きっと顔、赤くなってる。

「いーや、いくら感謝してもし足りないくらいだな。——魔性《ましょう》の指の生みの親ってわけだし」

付け加えられた一言に、息が止まるほど驚いた。

「ど……」

どうしてそれをっ？

思わず和泉様を見ると、和泉様はさっきまでの優しそうな笑《え》みとは打って変わって、にやにやと人の悪い笑みを浮《う》かべていた。

そう言えば、最初会ったとき和泉様、俺のことフルネームで呼んだんだよな。

ってことはやっぱり……。

「雑誌で見たんだよ。『美少年の魔性の指』――」

「それ以上言わないでくださいっ」

あまりの恥《は》ずかしさに、俺は耳を押さえて膝《ひざ》の上に顔を伏《ふ》せた。

「褒《ほ》めてるんだぞ？」

嘘だ、絶対嘘っ!!

「あの記事、マッサージ中の写真を載《の》せてただろ？　あの手を見た瞬間《しゅんかん》こいつしかいないって思ったんだよな」

そうですか。『手』ですか。言われてみればあのときの記事は、見開きでマッサージ中の写真が載って、その上に文字が被《かぶ》さるような作りだった気がする。

この手フェチめ、と思ってなぜかむかむかしている自分に気付いた。一瞬《いっしゅん》、あれ？　っと思ってから、そのせいで散々迷惑《めいわく》かけられてるんだから当然だよな、と思い直す。

「まず、手の甲《こう》の腱《けん》の部分がこう綺麗《きれい》に浮き出ていて、肘《ひじ》までのラインがまた――」

「そう言えばっ！　和泉様は取材ってほとんど受けませんよねっ？」

このままどんどん続いてしまいそうだった『手』への語りを止めるべく、俺は無理やり話題を変えた。

「ん？」

「あれって、やっぱり……すぐに辞《や》めるつもりだったからですか？」

　思わず口から出てしまったものの、不躾《ぶしつけ》過ぎたかなと少し不安になる。そっと窺《うかが》うと、和泉様は特に気分を害した様子もなく「それもある」と頷いた。

「けど面倒《めんどう》だし、時間がないっていうのが一番だな。そんなことに時間を取られたくなかったし、写真なんか載せられて、不特定多数の人間に煩《わずら》わされるのもなんだしな」

　確かに、和泉様の写真が載ったりしたら、違《ちが》う目的の客が増えそうだよな。

「それに、今まで造ってきたのは実家も含《ふく》めて、他人のものだったからな。俺の顔が出てるのもおかしいだろ？　建物と…そこで働いてる人間を見てもらえるのが一番だから」

「じゃあ、今度のホテルは……」

　全部和泉様のものなわけだし、顔出しもありなのかな？

「いや、出す予定はないな。もちろん常連客への挨拶《あいさつ》や、VIPの出《で》迎《むか》えなんかはするが、マスコミへの露出《ろしゅつ》は考えてない。そんなことをしなくても、十分勝負できるだけのものを造るつもりだ」

「そうですよね……」

　和泉様の声は自信に満ちて、力強かった。自分の造るものに対するプライドみたいなものが伝わってくる。今までだって一度も顔を出さずに、これだけのものを造ってきたんだから、今《いま》更《さら》そんなことをする必要もないんだろう。

でも……。

「やっぱりちょっと勿体《もったい》ないです。俺…和泉様のデザイン好きだから」

つい、そんな言葉が零《こぼ》れてしまったのは、酔《よ》っていたせいだと思いたい。

「初耳だな」

知っていたくせに、よく言うよ。内心そう思いつつ、俺は顔を逸《そ》らして日本庭園を見る。恥ずかしくて和泉様が見れなかった。

「ありがとう」

「お礼を言われるようなことじゃないです……」

ぼんやりした声で返すと、和泉様が耳元で笑った。

大きな窓ガラスに、和泉様と俺が並んで映っている。大きな手が俺に向かって伸《の》びてくるのを窓ガラス越《ご》しにぼんやりと見つめた。

避《さ》けようと思えば避けられたのに、俺はソファに沈《しず》み込んだまま黙《だま》って肩を抱《だ》き寄せられる。

なんでだろう……眠《ねむ》くて。

「本当に、やめちゃうんですか？」

「ああ。これからはそのホテルだけだ。まぁ、デザイン業はそんなに長くやらないって決めてたからこそ、いろいろ挑戦《ちょうせん》できたっていうのもあるし、悪くなかったと思ってる」

悪くなかった――どころか、すごくいいものばかりだったということは俺だってわかってる。だけど、だからこそ続けて欲《ほ》しい気がするのに……。

ああ、だめだ。

――眠い。ソファのせいなのか、アルコールのせいなのかわかんないけど……。目が開けていられない。

唇《くちびる》に柔《やわ》らかいものが触《ふ》れた。

「…ホテルに関しては一生造り続けるつもりだ。それじゃ気に入らないか?」

「気に入るとかじゃなくて……俺は…ただ――」

和泉様のデザインが好きなだけ。

あんな風になりたいと思っていただけ……。

そう返したか返さないかのうちに、俺の意識はぼんやりとした柔らかなものに包まれて落ちていった。

唇に触れるものの感触《かんしょく》に、ゆっくりと意識が引き戻《もど》される。

「――要」

「ん……？」

離《はな》れていく柔らかい感触を追おうとして、はっと目が覚めた。

「い、和泉様っ」

うわ、俺ひょっとして寝《ね》ちゃったのか⁉

そうだ、あのソファで気持ちよくなっちゃってつい……。

「すみませんっ、俺…」

自分の失態に青くなってから、ようやくここが車の中だと気が付いた。

てっきりまだ店の中だと思ったけど――って、俺が歩いて店を出たわけないよな？　ってことは俺ひょっとして和泉様に運ばれたのか？

ああああ、もう最悪……。あそこには二度と行けない。

「ご迷惑をおかけして……」

「大したことはしてない。可愛《かわい》い顔でキスをねだったくらいだ」

「そんなことしませんっ」

「言い切れるのか？」

「…そ、それは…」

にやにやと笑われて、ぐっと言葉に詰《つ》まる。目が覚める直前、和泉様の唇を追いかけそうになったことを思い出した。

けど、ねだるなんてことはいくらなんでも……。

疑いの目で和泉様を見ると楽しそうに笑っていて、からかわれたのだとわかった。

「和泉様っ」

「ほら、とにかく着いたぞ」

「え？」

そう言われて窓の外に目を向けると、そこは俺の住むマンションの前で。

「送ってきてくれたんですか……？」

「送らないほうがよかったか？」

訊《き》かれて、慌《あわ》てて首を横に振《ふ》る。

だって、今までの経験からしたら、このままどこかホテルとか連れ込まれててもおかしくないって言うか……。もちろんそうじゃないほうがいいに決まってるけど！

「明日も仕事なんだろ？　休みならホテルまで連れ帰ったんだけどな。マッサージのためなら仕方ない」

……和泉様って本当に仕事に関しては、尊重してくれてるよな。

明日仕事で本当によかった、と思う。思うはずなのに……。

なんか俺……落ち込んでる？

なんとなく浮かない気分になっていることに気付いて、内心首を傾《かし》げた。

なんでだ？

「和泉様って、本当にマッサージが好きなんですね」

「ん？　ああ、そうだな。でも、今まで散々いろいろなマッサージ師に世話になってきたけど、お前のマッサージが一番好きだ」

「……………あ……ありがとうございます」

そう答えながら、俺は不可解な思いで自分の胸を見下ろした。

何よりも嬉《うれ》しいはずの言葉だった。

現に、最初に言われたときは嬉しかったし、この前エステティシャンの篠崎さんに上手《うま》いと認めてもらえたときも、今日初めてのお客様に褒《ほ》められたときも、胸が一杯になったような気がした。

なのに――なんでだろう。今は胸がすうすうする。まるで胸のどこかに、小さな穴が空いてしまったみたいだった。

「要？」

「あ、はい」

「どうした、降りないのか？」

「す、すみません」

俺は慌ててシートベルトを外した。でも、和泉様に言い忘れていたことがあったのを思い出して和泉様を見る。

「あ、あの、ありがとうございました」

「ん？」

「今日と…あと、この前のエステティシャンとのことです。あれからちょっとコミュニケーション取れるようになって……」

ずっとお礼を言わなきゃと思いつつ、機会がなくて言いそびれていたのだ。

「和泉様のおかげです。本当にありがとうございました」

「大げさだな。俺は何もしてない、お前の腕《うで》があってこそだろ」

――――腕。

「……？」

なんでそんなところに引っかかったのかわからない。けれど、胸に空いた穴は少しずつ大きくなっていく気がした。

「ありがとう…ございます」

半ば絞《しぼ》り出すようにそう口にして、微笑《ほほえ》む。

和泉様は何かまぶしいものを見たように少しだけ目を細めたあと、珍《めずら》しく自分から目を逸らした。

「――よかったな」

「はい……」

頷《うなず》いて、俺はもうそれ以上何も言葉が見つけられないまま、黙《だま》ってドアを開けたのだった。

◇

「今日もなしか……」

いつものようにPCの電源を入れ、予約状況を確認《かくにん》したところで、俺の口からはため息が零れ落ちていた。

もう二週間以上和泉様からの予約がない。

当然休日に家まできたりすることもなく、ホテル内でばったり会うなんてこともない。

大体、俺は和泉様が泊《と》まっているのかすらわからなかった。もちろんフロントの予約係の人か美原さんにでも訊けばすぐにわかるはずだけど、そんなこと訊いてどうするんだって気もするし……。

って言うか、実際どうするつもりなんだろう。

和泉様はお客様なんだから、マッサージの予約がなければ会わないのなんて当たり前なんだ。

このホテルにきてからはリピーターになってくれるような人は居なかったし、前の職場でも多くて週に一度程度。月に一度自分にご褒美《ほうび》、なんて人も多かった。

むしろ今まで三日と置かず予約があったほうが珍しいんだよな。

でも、そんな風に考えてみたところで、あの体が今どんな状態になっているのか気になって仕方がなかった。

仕事が忙《いそが》しいんだろうけど、それだったら余計に疲《つか》れているはずなのにと思うとますます落ち着かないし。

結局そんな気分のまま今日も一日が終わってしまった。

ここのところずっとこんな調子だけど、今日なんか正直お客様が何人いたのかも覚えてない。

でも、手も腰《こし》も痛いところからしてしっかり勤めは果たしてきたらしい。

トントンと爺臭《じじくさ》く腰を叩《たた》きつつ、明日の予約を確認するけど、やっぱりそこに和泉様の名前はなかった。もちろん宿泊《しゅくはく》なさっているお客様なら当日の予約もありだから、明日になるまでわからないんだけど……。

思わず口から、本日何度目になるのか見当もつかないため息が零《こぼ》れる。

あーもー絶対ため息つきすぎだ。幸せがキロ単位で逃《に》げてる気がする。

それもこれも和泉様のせいだと八つ当たり気味に思いつつ、念のためにもう一度予約画面を隅《すみ》から隅まで眺《なが》めた。

二時から『自分にご褒美プラン』一件、あと四時から宿泊のお客様が『九十分コース』。それから——っと……。

「あれ？　この人……」

四時からの時間帯に予約してある『早坂有紀子《はやさかゆきこ》』という名前に見覚えがあって、俺は棚《たな》から問診票《もんしんひょう》のまとめてあるファイルを取り出す。

——やっぱりそうだ。

ここに入ってすぐくらいのときに一度、マッサージしたことのある人だった。

待ちに待っていたと言っても過言じゃないリピーター……。

嬉しくないはずがなかった。なのに、なぜか心はちっとも軽くならない。

どうしても、和泉様のことが引っかかっていて、まるで錘《おもり》をつけて水の中に沈《しず》められてるみたいな感じ。

なんで、こんな気持ちになんなきゃいけないんだよ……。

ぎゅっと手のひらを握《にぎ》りこんだときだった。

コンコンコン、とノックの音がして俺はぱっと顔を上げてドアに近付いた。

「はい？」

返事をしつつドアを開けると、立っていたのはエステティシャンの篠崎さんだった。

背の高い、迫力《はくりょく》のある美人で、ヒールを履《は》いているときは俺とほとんど目の高さが変わらない。その分施術《せじゅつ》用のベッドの高さが合わなくて、腰痛《ようつう》持ちだったりする。

「ちょっとだけいい？」

「いいですよ」

案の定腰を指してみせる相手に、俺はこっくりと頷いた。

彼女について控《ひか》え室を出て、ベッドのある仮眠《かみん》室へ移動する。肩《かた》と違《ちが》って腰は寝《ね》ないと施術できないから仕方がない。

幸いこの時間の仮眠室は空いていて、すぐにベッドを確保することができた。

「あのさー」

マッサージを始めて十分ほど経《た》ったときだ。

篠崎さんの呆《あき》れたような声に顔を上げる。

「なんですか？」

「なんですかって言うか……なんか心配事でもあんの？　さっきっからため息ばっかりついてるけど」

「……ついてました？」

全然自覚してなかったけど、マッサージしながら考えちゃうのはやっぱり和泉様のことだから、ついてたとしても不思議じゃなかった。

「つきまくってるよ。やっぱなんか用事あったんじゃないの？」

バツの悪そうな声に、俺は慌《あわ》てて頭《かぶり》を振《ふ》る。

「違《ちが》いますって。そうじゃなくて……」

「じゃあ何よ？」

なんて言えばいいんだろう。言いよどむ俺に、篠崎さんが顔を上げた。

「悩《なや》み事？　私でよければ聞くけど」

三週間前だったら考えられなかった言葉に胸が温かくなる。これも全部和泉様のおかげだ…

…。そう思うと、なぜか少し息苦しくなった。

「――――実はお客様のことで」

「嫌《いや》な客でもいた？　あ、わかった、セクハラされたんでしょ」

「ち、違……っ」

…わないのか？　でも、断定されてしまうのはちょっと悲しい。まぁ、美原さんの愛人だと
思われてたことを考えれば、まだましなのかもしんないけど。

「そうじゃなくて、ちょっと…」

「うん？」

ホテルに長期滞在《たいざい》しているお客様がいること、その人がずっとコンスタントに予約を入れて
くれていたこと、ここのところぱったり予約が入らなくなったこと、仕事の忙しい人だという
こと、そして、そのお客様のことが心配だということまで、ポツリポツリと話すと篠崎さんは
「なるほどね」と頷いた。

「その人ってロイヤルスイートに泊まってた和泉様？」

その言葉に俺は一瞬硬直《いっしゅんこうちょく》した。

「なななんで知ってるんですかっ？」

「一ヵ月前からあのロイヤルスイートに長期滞在してる、若くてかっこいいお客様がいて、しかも超《ちょう》有名インテリアデザイナーだなんてことは、ホテル中の誰《だれ》もが知ってるの」

あっさり言い切られて絶句する。誰でも知ってるって……そういうものなのか？

少なくとも俺は知らなかったけど。

「女の情報網《じょうほうもう》を甘くみないように」

「はぁ……」

おみそれしました…。

こうして噂《うわさ》も一日で千里を走っちゃうわけか。

あ、だけど今の話だと和泉様が本社の副社長だっていうのは、知られていないみたいだな。

もしかして、内緒《ないしょ》にしてるのかな？

「で、まずそのお客様だけど、一週間前にチェックアウトしてるわよ」

「そ……うなんですか…？」

そんな情報まで。

思わず目を剝《む》いた俺だけど、そのあとはチェックアウトしていたという事実に衝撃《しょうげき》を受けた。

「チェックアウト……」

一瞬、ぎゅっと胸が引き絞《しぼ》られるように痛む。

なんで俺、こんなにショック受けてるんだろう？

「うん。だから、予約が入らないのは当然なのよ」

呆然《ぼうぜん》としている俺に、篠崎さんは「問題はここからね」と笑う。

「そのお客様の連絡先《れんらく》とかわからないの？」

「わかりますけど……」

「なら話は簡単じゃない。ダイレクトメールよ」

「え？」

「いまどきエステでも美容院でもマッサージルームでも、リピーター確保のためにダイレクトメール入れるのなんて当然でしょ。まぁうちではそういうのも上がまとめてやってるけど……。個人的に気になるんなら自分でやっちゃってもいいと思うよ。ばれないばれない」

それはそうかもしれないけど。和泉様にダイレクトメール……。考えたこともなかった。

自分からコンタクトを取るってこと自体、全く思い付かなかったし。

思わぬアドバイスに戸惑《とまど》う俺に、篠崎さんは畳《たた》み掛《か》けるように言った。

「先日はありがとうございました、その後お肌《はだ》の――じゃなくて、お体の？　調子はいかがですか？　って感じで。簡単じゃない」

「簡単……ですか？」

なんだかそう言われてしまうと、悩んでいたのが少し馬鹿《ばか》らしくなる。

「そうそう。難しく考えないっ」

にっこり微笑《ほほえ》まれて、思わずこっちも笑みが零《こぼ》れた。

「そう、ですよね」

とりあえずこれが済んだら、この前もらった名刺《めいし》を見てみよう。メールアドレスも確か書いてあったよな。

考えてみれば、前の職場にいたときはダイレクトメールの宛名書《あてなが》きや、メールアドレスの打ち込みも仕事の一つだったのにどうして思いつかなかったんだろ？

「うん。じゃ、マッサージの続きお願いね」

内心首を傾《かし》げつつ、篠崎さんの言葉に俺はこっくりと頷《うなず》いたのだった。


そんなわけで。

篠崎さんと別れて控え室に戻《もど》ってきた俺は、早速、和泉様からもらった名刺を取り出してみた……んだけど。

「どうすっかな……」

名刺に書いてあるメールアドレスは、ドメインからして明らかに会社のものだった。

会社に送るのってどうなんだろう？

個人のメアドにならわかるけど、会社に送るのはさすがにまずい……よな？　って言うか、

ひょっとしてこれって社内メールってことになるんじゃないか？

だとしたら、ダイレクトメールっぽいのはやっぱりまずいだろう。

念のために問診票《もんしんひょう》のほうも見てみたけど、当然住所は書いてなかったし、電話番号は携帯《けいたい》のものだけ……。

——携帯。

俺はむむむっと眉《まゆ》を寄せた。

その番号は、名刺の裏にも書かれている例のアレだ。

『いつでもかけてこいよ』

言われた言葉を鮮明《せんめい》に思い出して、俺は参ったなとため息をついた。

……かけませんってあんなにはっきり言ったのに、どうしよう……。

大体、携帯に電話をかけたんじゃもう、ダイレクトメールですらないよな？

せめて携帯のメールアドレスが書いてあればよかったのに……。

どうしようどうしよう、と考えに考えた挙句、俺は携帯電話を取り出した。だけど名刺とどんなに見比べてみても、それでもなかなか決心がつかない。

俺って、こんなに往生際《おうじょうぎわ》悪かったかな……。いや往生際って言い方もなんだけど。でも、こんなに思い切りの悪いタイプじゃないはずだった。

なのに、そんな俺がようやく電話をかけたのは、結局は家に帰ってからのことだった。

「柚木ですけど……」

『要?』

名前を呼ばれて、一気に心音が跳《は》ね上がった。

「は、はい。あの、先日はありがとうございました。その後お体の調子はいかがですかっ?」

篠崎さんが言っていたそのままの台詞《せりふ》を、俺は早口言葉のようにして一気に言い切る。

だけど、言ってしまったあとはもう何を続けていいかわからなくて、俺はまるで耳元で鳴ってるかのような自分の心音だけを聞く羽目になってしまった。

『調子は――酷《ひど》くはないな』

とりあえず、かけてこないんじゃなかったのか、と言われなかったことに俺は安堵《あんど》する。

けどちょっと待てよ。酷くないっていうのは微妙《びみょう》な状態だよな?

だって、俺の感覚からすれば三日空いただけでも、和泉様の体の状態は酷いの一歩手前って感じだし。

二週間ほっといて、酷くはないなんてことありえないんじゃ……。

考えて、ふと思い当たる。

……ほっといたとは限らないよな。

ホテルをチェックアウトしてからずい分たってるし、その間に他《ほか》のマッサージ師に掛かっていても全然おかしくない。

けど、なんかそれって……。

むかむかと不快を訴《うった》える胸に、俺は顔を顰《しか》めた。

そうと決まったわけでもないのに、俺以外の人間が和泉様にマッサージしたのかと思うと、ものすごく嫌《いや》な気分になる。

だから。

「あ、あの……もしよかったら、俺マッサージしに行きましょうか？　明々後日《しあさって》とか休みですし……」

ついそんな言葉が零れてしまったのも、そのまだ見ぬ相手（って言うかいるかいないかもわかんないんだけど）への対抗《たいこう》意識みたいなものがあったんだと思う。

こういう特別扱いって仕事場にばれたら怒《おこ》られるのかな？

けど、お金をもらわなければ浩一兄ちゃんにしてるのと一緒《いっしょ》だし多分大丈夫《だいじょうぶ》だよな？

だけど、そんな俺の思考は、和泉様の声で断《た》ち切られてしまった。

『いや、いいよ』

「え」

さらりとした断りの言葉に、俺は目を見開いた。

——……断られた？

『今いろいろ立て込んでて――』

誰《だれ》かの呼ぶ声が俺の耳にも届く。『吉成、まだなの？』なんて言う女性の高い声。

『ああ、今行く』

少し離《はな》れた場所で返す和泉様の声。

携帯が手から滑《すべ》り落ちそうになって、初めて自分が手のひらに嫌な汗《あせ》をかいていたことに気付く。

『要、悪いけど――』

「あ、はい。失礼しますっ」

俺はみなまで聞かず電話を切った。これ以上聞いてられなかったと言ったほうが、正確かもしれない。

力が入りすぎて電源まで切っちゃったけど、もう一度電源を入れる気にはなれなかった。

この前空いたと思った胸の小さな穴が、急にぽっかりと口を開けたみたいだった。

何もかもが吸い込まれたみたいに、呆然《ぼうぜん》としてしまう。

なんだろう、なんでこんな気持ちになるんだろう……？

今までだってお客様が違《ちが》うマッサージ店に入ってくところを見ちゃったときは、少し淋《さび》しくもなったけど……そんなのとは全然違う。

一言でいえばショックだった……ってことなんだろう。でも……。

考えているうちに、俺は自分の考えの浅はかさと図々《ずうずう》しさに、フローリングをじたばたと転がり回る羽目になった。

「うわー…恥《は》ずかしい……」

俺、和泉様が断るはずがないと思ってたんだ……。

自分から連絡《れんらく》を取ることを考え付かなかったのは、和泉様から連絡がくるのが当たり前だったから。

連絡取るのを躊躇《ちゅうちょ》していたのも、こっちから連絡取ったりしたら和泉様が調子に乗るんじゃないかって——そんな風に思ってた。

恥ずかしかった。

いつの間にそんなに思い上がっていたんだろう。

引き抜《ぬ》きの誘《さそ》いがあったから？　手フェチで、俺の手を気に入ってくれたみたいだから？　仕事休んで泳ぎを教えてくれたから？

それとも——あんなことまでしてしまったから……？

なんにしても自信過剰《かじょう》にもほどがある。恥ずかしくて、消え去りたくなった。

大体あんないい体した人が俺に本気なわけがない…って体は関係ないか。顔もよくて金持ちで才能もあって副社長で泳ぐのも上手《うま》くて、性格だって強引《ごういん》で偉《えら》そうで自分勝手だけど——優《やさ》しいところもあるのだ。

……だから誤解しちゃったんだよな。

和泉様の目的はもともと俺の『手』と『マッサージ』で。それだって、別に個人的にどうのって話じゃない。あくまで仕事の話なんだ。

なのに、ちょっと優しくされたからって、あんなことした相手に自分からマッサージに行こうかなんて電話して——バカじゃないか？

よくよく考えてみれば、プールの帰り道で浩一兄ちゃんに嫉妬《しっと》してるみたいな態度を取ったときは、マッサージをするって言ったから怒ったって言ってたんだよな。最初にあんなことになっちゃったときも和泉様は俺が誘ったと思っていたみたいだし……。

仕事のことだって、和泉様の下で働くなんて危ないって思ったのは、俺の勝手な思い込みで、和泉様のほうはもう手を出すつもりなんてなかったかもしれない。

俺が和泉様の体にうっとりしていたから、誘われていると勘違いして抱《だ》いただけで……。

痛む胸をぎゅっと押さえて、俺は目を閉じた。

どうしてだろう？　なんでこんなに胸が痛むんだろう？

今だけじゃない。予約がずっとなかったときも、知らない間にチェックアウトしていたことがわかったときも……。

マッサージの腕《うで》だけは認めてもらってたと思ったのに断られたから？

引き抜きの話が宙に浮《う》いたまま、和泉様がいなくなってしまったから？

……それはある。けど、本当にそれだけだろうか？　それだけならなんで、和泉様がマッサージの腕を褒《ほ》めてくれたとき、あんな空《むな》しい気持ちになったんだろう？

疑問ばかりがくるくると繰《く》り返されて、眩暈《めまい》がしそうだった。

ただ、こんな思いをするくらいなら、いっそ引き抜きを受けるって言ってしまえばよかった、と思う。

そうしたら、和泉様は俺の上司になるんだし、ひょっとしたらマッサージができる機会もあるかもしれない。

それが俺にできる唯一《ゆいいつ》で、精一杯《せいいっぱい》のことなんだから……。

俺はぎゅっと目を瞑《つぶ》って、いつの間にか詰《つ》めていた息を吐《は》き出した。

こんなのは……おかしい。この前まではどんなに他の条件がよくても、あの人がいるなら受けられないって思っていたのに。

――――どうして……？

◇

「あれ？　これからご飯なの？」

「はい、なんか予約立て込んでて……」

仕事場のほうへ向かう篠崎さんに、廊下で声をかけられて俺は力なく笑った。

「でも、逆に夜は空《す》いてるんで平気です」

日曜日は日帰りでのプランがある関係で夕方までが忙しく、逆に宿泊客が少ないせいで夜は暇《ひま》なのだ。

「そっか。時間あったらいってもいい？」

「いいですよ〜」

そう言って手を振《ふ》り控《ひか》え室に入る。

「………」

ドアを閉めた途端《とたん》ため息が零《こぼ》れた。

そして、鬱々《うつうつ》した気持ちで何げなく携帯《けいたい》電話をチェックした俺は、着信が残っていることに首を傾《かし》げる。

浩一兄ちゃんかな？

多分、いつもの時間に昼休憩《きゅうけい》に入れてたら取れたんだろうけど……。考えつつ履歴《りれき》を見るとそこには電話番号だけが残っていた。

つまり登録してない番号──ワン切りか？

一瞬《いっしゅん》そう思ったけど、なぜか頭のどこかがちりりと痺《しび》れた気がして番号をもう一度眺《なが》める。

……この番号どっかで……。

「あ」

ひょっとして……。俺は慌《あわ》てて今度は発信履歴を見た。二日前の夜にかけた番号と、ぴたりと一致《いっち》している。

──和泉様だ。

途端に穴の空いたはずの胸がどきどきして、携帯を持つ手が震《ふる》えた。

なんでとか、どうしてとかそんな気持ちで一瞬だけ躊躇して、俺は通話ボタンを押す。

『──只今《ただいま》電話に出られません…』

呼び出し音は三回だけ。留守電につながれて、緊張《きんちょう》が解けた。

『二十秒以内でメッセージを……』

切ってしまおうかと考えたけど、考えてる間に発信音が鳴ってしまう。

何を言っていいかわからなくて慌てるけど、言葉が出ない。とりあえず、こういうときは──

──えと、名前言って。

「ゆ、柚木です。あ、あの…電話もらったみたいで――その、出られなくてすみません。その後お体の調子はいかがですか？」

結局この前と同じ台詞《せりふ》になってしまう。どうしよう、二十秒ってどのくらいだ？　どうしよう、どうしたらいい？　何を言えば……そう思った瞬間《しゅんかん》。

「――――会いたい……」

零れた言葉に自分でもぎょっとした。

直後、録音時間が終わったらしく電話は切れてしまう。

「ちょっ、早いだろ二十秒っ！」

思わず携帯に怒鳴《どな》ってから、その場にへたり込んだ。

会いたい、会いたいって……。恥ずかしいことを言ったと思う。けど、反芻《はんすう》してみるとそれはそのまま、本当の気持ちな気がした。

マッサージしたいよりも何よりもとにかく――会いたい。

本当にそう思った。

和泉様から連絡入ってるかも…っ。

最後の予約が終わって、俺は足早に控え室に向かう。あんな馬鹿《ばか》みたいなメッセージを残しちゃったのが気になるけど、それでもし連絡《れんらく》がつくなら——本当に会えるならどうでもいい。

そんなことを考えながら、控え室へと続く廊下《ろうか》の角を曲がった俺は、ドアの前の人影《ひとかげ》に思わず顔を顰《しか》めてしまった。

「美原さん……」

「時間が空いていたようだったから。マッサージ、いいかな?」

「……はい」

頷《うなず》きながらも、内心なんでこんなときにと歯嚙《はが》みする。もちろん今は就業時間内だし、俺はどんな予約に対しても文句を言える立場じゃないんだけど。

仕方なくタオルだけ取り替《か》えると、俺はエレベーターホールへと逆戻《ぎゃくもど》りすることになった。携帯を確かめる暇は当然なかった。

がっかりしつつもエレベーターが下りてくるのを待っていると、中から篠崎さんが出てきた。本日二度目の邂逅《かいこう》。お互《たが》い挨拶《あいさつ》を交《か》わしつつ、俺は美原さんに見えないように左手を顔の前に立てて、すみません、のポーズをとった。

この調子だと、今日は篠崎さんのマッサージまで手が回るかわからないし。

篠崎さんも、オーナーの呼び出しじゃ仕方ない、というように小さく頷いてくれた。

オーナーズルームに着くと、早速マッサージの準備にかかる。

って言ってもたいしたことじゃないけど。まず、ソファベッドの背もたれを倒《たお》す。それから、大き目のタオルを敷《し》いてその上にうつ伏《ぶ》せになってもらう。あとは体に当てるためのタオルを出すだけ。

「こうしてもらうのも久し振《ぶ》りだね」

「……。そうですね」

肩《かた》を揉《も》んでいた俺は、美原さんの言葉にちょっと考えてからこっくりと頷く。言われてみれば、このところ、和泉様だけじゃなくて美原さんとも一度も会ってなかった。

どうりでこってるわけだ。

もちろんマッサージ師としては、こってたほうが遣《や》り甲斐《がい》があって嬉《うれ》しいんだけど。

でも……やっぱり物足りない。お客様の体を前に、こんな風に思ったことなんて一度もなかったのに。

「お忙《いそが》しかったんですか?」

「ああ…いろいろとあってね」

疲《つか》れたようなため息。この前電話で聞いた和泉様のため息を思い出して、思わず俺までため息をついてしまった。こういうのって、もらいため息って言うんだろうか?

「ちょっと本社でごたごたしてね。私のほうまでとばっちりがくるとは思わなかった」

本社でのごたごたかぁ。そう言えば前に和泉様もそんなこと言ってたよな。まぁ、同じ会社なんだし、二人とも役員なんだから当然かもしれない。でも…。

「ごたごたって…大丈夫《だいじょうぶ》なんですか?」

「うん? ああ、とりあえずはね。まぁいろいろと事後処理はあるけど……」

「そうですか。よかった…」

一段落着いたんだ。それで電話をくれたのかもしれない。だったら、また会える可能性は高い。向こうは会うことじゃなくて、マッサージが目的だとは思うけど。

——不思議だった。

あんなにマッサージ師として認めて欲《ほ》しいと思っていたのに、今はマッサージ師としてじゃなく会いたいと思ってるなんて。

美原さんが俺の腕《うで》をかってくれてるわけじゃないのかもって思ったときは悔《くや》しかったのに、今は和泉様が俺の腕だけをかってくれてるのかもって思うとすごく切なかった。

自分勝手にもほどがあるよな。そう思うとなんだかため息が零れた。

「……安心した?」

「え?」

見られてると思わなくて、俺は目を見開いた。幸い安堵《あんど》のため息だと誤解してくれたみたいだけど。

「あ、…まぁ、その、一応俺も社員のうちですから、よかったなって思って……」

ごまかし笑いを浮《う》かべて、マッサージを再開する。

いかんいかん、真面目《まじめ》にやらないと。でもそう思う端《はな》から和泉様のことを考えてしまってついつい気もそぞろになってしまう。

結局最後まで和泉様のことが頭から離《はな》れないまま、マッサージは一通り終了《しゅうりょう》した。

「いかがですか？」

「ありがとう。楽になったよ」

仕上げにぽんぽんと肩を叩《たた》いてお定まりの台詞を言うと、美原さんはそう言って伸《の》びをした。

俺はそれを見ながらさっさと片付けにかかる。って言ってもタオルを回収して、背もたれを直しただけだけど。

「じゃ、これで失礼します」

「あ、待って」

腕を摑まれて、振《ふ》り返ると美原さんの目がいつになく真剣《しんけん》に俺を見ていた。

「一緒《いっしょ》に夕食でもと思ったんだけど」

なのに台詞はいつもと一緒だ。なんとなくそれに違和感《いわかん》を覚える。

「……いえ、申し訳ないですけどこのあとちょっと用事が…」

本当は用事なんかないけど、携帯《けいたい》を見たいっていうのは用事といえば用事かもしれない。

それになんだかんだ言って、俺は美原さんの誘《さそ》いを三回に二回は蹴《け》っているから、これだっていつものこと——のはずだった。

なのに。

「……吉成のところへ行くの？」

思いもかけない切り返しに、思わずぎょっとしてしまう。

「そういうわけじゃないですけど……」

「そう？　そうは見えなかったけどね」

「それは……っ」

行くわけじゃないけど、気になっていたのはまさに和泉様のことだったから余計に驚《おどろ》いたってだけのことだ。

でもそれを上手《うま》く説明できなくて、俺はとにかく違《ちが》うと首を振った。

用事があるって言ったのに、それが携帯の着信を確かめることだなんて言えるわけもない。けどそんな俺の言葉を、美原さんは信じる気なんて全くないようだった。

「どうして吉成なんだ？」

その上わけのわからない質問まで繰《く》り出してくる。

違うって言ってるのに（……本当はそうだけど）。

大体どうして吉成なんだって言うのはどういうこと？　なんかこれじゃまるで……。

「私のほうが先に見つけたのに……」

「見つけたって……」

まさか俺のこと？　って言うかその言い草だとやっぱりもうこれはひょっとして……俺迫《せま》られてる？

――――あいつの目当ては絶対、お前の技術だけじゃない。

――――絶対に隙《すき》を見せるなよ。

おまけに、和泉様に言われた台詞《せりふ》が頭をくるりと一周する間に、俺自身はころりとソファに転がされていたのだ。

頭の上に一まとめに両手を押さえつけられて、ざっと血の気が引く。

「ああああああのっ、美原さんっ？」

美原さんと二人っきりになる機会なんて、今までにそれこそ掃《は》いて捨てるほどあった。だけど、急にこんな展開になるなんて今までなかったのに…っ。

「じょ、冗談《じょうだん》ですよねっ、ねっ？」

頼《たの》むから冗談だと言ってくれ。そうじゃなかったら俺、職場の上司をぶん殴《なぐ》って解雇《かいこ》処分になっちゃうよ！

「冗談なんかじゃない」

俺が躊躇《ちゅうちょ》している間にも、美原さんの唇《くちびる》が近付いてきて、俺は咄嗟《とっさ》に顔を横に逸《そ》らしていた。

首筋に、唇を押し当てられて怖気《おぞけ》が走る。手のひらが何かを見つけようとしてるみたいに白衣の上を這《は》った。

「や、めてくださいっ」

「柚木くん、私は――」

「聞きたくありませんっ！」

必死に首を振る。でも、言葉は遮《さえぎ》れても行為《こうい》そのものは退《しりぞ》けられなくて、左手が白衣の裾《すそ》から中へと入り込んできてしまう。俺は泣きそうになりつつ身を捩《よじ》った。

もうこれ以上我慢《がまん》できないと思って必死で暴れたけど、意外にも美原さんの力は強くて、上半身はほとんど動かせなかった。

蹴り上げようとした足も美原さんに乗っかられてしまえば役に立たなくて、俺はいよいよ恐《きょう》怖《ふ》で体が強張《こわば》った。

だって、俺だって男なんだから、いざとなればちゃんと自分で逃《に》げられるとずっと思い込んでいたのに。

なのに実際はこうしてたいした抵抗《ていこう》もできないまま……。

「あっ」

上半身を撫《な》で回していた指に乳首《ちくび》を摘《つま》まれて、俺はびくりと体を震《ふる》わせる。美原さんはそれを快感だと勘違《かんちが》いしたみたいだった。

「気持ちいいの？」

「ち、違うっ、あっ、や……っ」

否定の言葉を無視して、美原さんの指がゆっくりと感触《かんしょく》を確かめるように擦《こす》り上げてくる。

「柚木くん……」

「…うっ…」

耳朶《みみたぶ》を噛《か》まれて嫌悪《けんお》に身を竦《すく》めた。

どうしよう……このまま俺、美原さんにやられちゃうのか？

考えた途端《とたん》、目の端からぽろりと涙《なみだ》が零《こぼ》れ落ちた。

そんな俺を見た美原さんの動きが止まる。一瞬《いっしゅん》やめてくれる気になったのかと思ったのに、胸を弄《いじ》っていた手が性急に下肢《かし》に伸びていく。

そのままズボンのボタンを外されファスナーを下ろされてしまった。

「やめてくださ――っ…やだっ、こんなのっ」

下着の中に手を入れられても、美原さんに乗られたままの足は動かせない。ぎゅっと摑《つか》むようにされて、俺は絶望に目を閉じた。

「――そこまでにしてもらおうか」

聞き覚えのある声が、聞いたことのないほどの険を含《ふく》んで耳に届いたのはそのときだった。

目を開けるのと同時に、何かが破裂《はれつ》するような重い音がして体が軽くなる。見ると、美原さんが和泉様に殴り飛ばされて転がっていた。

俺があんだけ暴れてもびくともしなかったのに……。

「和泉様」

「…ったく、隙を見せるなって言っただろ」

呆《あき》れたようなため息をついて、俺を振り返った。

「なんでお前がここに……」

美原さんの疑問はそのまま俺の疑問でもある。それがわかったのか、和泉様は俺を見つめて口を開いた。

「仕事の終わる時間を狙《ねら》って控《ひか》え室のほうへ直接行ったのに、まだ戻《もど》ってないみたいだったから、廊下《ろうか》で待ってたんだよ。そしたらエステティシャンの子がきて、要は秀人のところだって言うから」

エステティシャン……篠崎さんが言ってくれたんだ。

「きてみれば案の定、押し倒《たお》されてるしな……」

言いながらソファに転がったままの俺の手を引いて、起き上がらせてくれる。

「大丈夫《だいじょうぶ》か？」

頷《うなず》くと、ソファに座ったまま美原さんから隠《かく》すみたいに抱《だ》きしめられた。いつもだったらどきどきして落ち着かなくなるはずなのに、今日はなんだかほっとする。

「人が忙《いそが》しくしている間に口説こうと思ったんだろうが、残念だったな」

口調はいつもと変わらなかったけど、その視線は俺が思わず身を竦めたくらい怖《こわ》かった。

見れば、案の定そんな視線を向けられた美原さんは真っ青になっている。けど、美原さんはふらふらと立ち上がると、血の気の引いた——でも一部分は派手に赤くなっている顔で和泉様を睨《にら》み返した。

「私が先に目をつけたんだ…っ」

「手をつけたのは俺が先だ」

言い返した言葉に、美原さんだけでなく俺まで固まる。

手をつけたって………。

「ちょっ…変なこと言わないでくださいよっ」

和泉様の肘《ひじ》の辺りを引っ張るけど、悪びれた様子もなく「事実だろ?」と同意を求められた。

頷けるはずもなく、俺は咎《とが》めるように和泉様を睨む。

それはそうかもしれないけど、こんなところで堂々と言い放っていいわけがない。あんたには羞恥心《しゅうちしん》ってものがないのか、と言ってやりたくなった。

だけど。

「とにかく、もう遅《おそ》い。こいつは何もかも俺のものなんだよ」

そんな風に言われたら、もうなんか恥《は》ずかしすぎて文句を言うどころか、顔も上げられなくなる。

かーっと熱くなった顔を、和泉様の胸に押し付けてごまかした。でも、和泉様はそれを俺の同意だと思ったみたいで、一瞬《いっしゅん》抱きしめる手に力がこもる。

「わかったら二度と手を出すな。――ほら、行くぞ」

「え、あ、あの！」

体を離《はな》されたかと思ったら、今度はぐいぐいと腕《うで》を引かれた。けど……。

「どうした？」

立ち上がろうとしない俺に、和泉様が心配そうに眉《まゆ》を寄せる。

「足が痺《しび》れて……」

美原さんに乗られていたせいだろう、全く力が入らなかった。

「なんだ、そんなことか」

「そんなって――っひゃ、ちょっちょっと!!」

ひょいっと抱き上げられて、俺は心の中で思いっきりのけぞる。和泉様に抱き上げられるのは初めてじゃないけど、やっぱり恥ずかしいものは恥ずかしい。

「下ろしてくださいっ」

「ちゃんと摑まってないと落ちるぞ」

「じゃなくて下ろしてって――」

「歩けないんだろ？」

「そうですけど、ちょっと待ってくれれば――」

「待てない」

あっさり言い切られて、歩き出した和泉様に部屋の外に連れ出されそうになる。

「わ、ワゴン置きっ放しっ」

「そんなのはどうでもいい」

そして、それこそあっという間に俺はいつも通り、ロイヤルスイートルームへと連れ込まれたのだった。


「あああああの、変じゃないですか？」

「何が？」

部屋に連れ込まれた途端、いきなりベッドに押し倒されて慌《あわ》てふためいた。

「だって、マッサージはっ？」

「あのな……俺がマッサージのあとじゃなきゃセックスもできないほど、体の弱った年寄りだとでも言いたいのか？」

「そうじゃないけどっ」

けどでも。

「いつもはマッサージしてから……」

「今日はマッサージの客としてきたわけじゃない」

その台詞《せりふ》に、なぜか切ないような気持ちになる。

「じゃあ、なんできたんですか？」

「お前があんな可愛《かわい》い留守電残したりするから、わざわざ京都から飛んできたんだろうが」

「は？」

京都？

唐突《とうとつ》な地名に俺は思いっきり首を傾《かし》げた。

「なんか全然よくわからないんですけど——って」

うわっ、だから手を舐《な》めないで欲《ほ》しいんですけどっ！

「会いたかったんだろ？　俺に」

ニヤリと笑われて、布団《ふとん》の中に潜《もぐ》りたいほど恥ずかしくなる。

「それは——そうだけど……」

……言った、確かに言った。

でもなんか俺、あんなに落ち込んだのにこんな急な展開って、ちょっとついてけない。

「だったら今度は俺のお願いも聞いてくれるよな？」

お願いって……。

「マッサージ？」

「……この状態でよくそんな冗談《じょうだん》が言えるもんだな」

「だ、だって」

なんだか迫力《はくりょく》のある笑顔《えがお》に、俺は言いよどんだ。

「和泉様は…俺のマッサージが好きなんですよね？」

「まぁ、マッサージも好きだけどな」

やっぱり。——って…マッサージ、も？　俺はちょっと考えて和泉様を見上げた。

「……俺の手が気に入ってるんですよね？」

これは確認《かくにん》だった。自分でもちょっと卑怯《ひきょう》だと思うけど……。

和泉様はそんな俺の意図にはすぐに気付いたみたいだった。

「手も気に入ってる」

そう言って笑いながら小指の爪《つめ》に小さなキスを落とす。

「けどな」

和泉様の目がまっすぐに俺を見つめた。ふわりと優《やさ》しく解ける目元に穴の空いたはずの胸が高鳴る。

「一番好きで気に入ってるのは要自身だから」

聞いた途端《とたん》、目の奥がつんとなった。やばい、泣きそう……。慌てて目を隠したけど、その手のひらにキスされて、笑ってしまった。

やっぱり手フェチじゃん。でも。

「俺も好きです……」

体だけじゃなくて、和泉様を全部。

唇《くちびる》にキスされて、俺は和泉様の背中をぎゅっと抱きしめた。

――めちゃめちゃこってる、そう思いつつ。

「んっ……ふっ……」

ちゅっ、ちゅっと音を立てて肘の内側にキスが落ちる。

服を脱《ぬ》いでからずっと、和泉様は俺の手だけに延々とキスを繰《く》り返していた。

肘から先は仕事のときに見えちゃうから、キスマークをつけないで欲しいと言うと、肘から肩《かた》の付け根にかけては、しばらく人前で着替《きが》えができないくらいキスマークだらけにされてしまう。

「も、やだ…っ…」

息が上がってしまう自分が恥ずかしくて、何度も首を振《ふ》るけど和泉様はやめてくれない。

「気持ちいいんだろ？」

いいけど、でも恥ずかしい。腕だけでどんどん感じちゃうなんて。

「や、もう……ぁ…」

けど自分から触《さわ》って欲しいなんて言うこともできなくて、俺は自由になっているほうの手で何度も和泉様の肩を摑んだ。引き剝《は》がそうとするわけでも、引き寄せようとするわけでもなくてただもどかしさを堪《こら》えるために。

「要……」

指先は熱いものに触《ふ》れたあとみたいに赤く染まっていて、自分でも信じられないくらい敏感《びんかん》になっていた。甘嚙《あまが》みされると腰《こし》の辺りまで痺れてしまう。

「…お願い……っ」

もういやだと頭《かぶり》を振った。

和泉様は俺がもっと直接的な刺激《しげき》を望んでるなんて、百も承知なんだと思う。

「んっ、…あぁっ…い…み様っ」

もう許して欲しくて、俺は潤《うる》んだ目で和泉様を見つめた。

「吉成って呼べって言ってるだろ？」

「ん…ぅっ……よ…なりさ…ぁっ」

それでやめてもらえるならと名前を呼ぶけれど、和泉様は一向にやめる気配がない。

指先を含《ふく》まれて、口腔《こうこう》の熱さにもどかしさはいっそう高まった。

「も、やめ……なんでもするから……っ」

「――――なんでも？」

ようやく顔を上げてくれた相手に、俺はこくこくと頷《うなず》く。このまま延々手だけを弄《いじ》られるくらいだったら、どんなことでもマシだって気がした。

「なら……」

けど、まさか和泉様がそんなこと言うなんて思わなくって…。

「お前が自分で弄ってるところが見たい」

「……え？」

俺は呆然《ぼうぜん》と、自分を抱《だ》きこんでいる和泉様を見上げた。

「なんでもしてくれるんだろ？」

そりゃするって言ったけど、でも……。

「自分でって……そんなのできるわけないじゃないですかっ」

「待ちきれなかったんじゃないのか？」

からかうように言われて、顔が熱くなる。確かに俺のそこは和泉様の腕《うで》への愛撫《あいぶ》ですっかり立ち上がってしまっていた。

人前で自分を慰《なぐさ》めるなんて、そんなこと考えたこともない。

「でも……」

「お前がその手で弄ってるとこが見たい」

あまりの言い草にちょっと引いた。

「……変態…っ」

「なんとでも言え」

和泉様は開き直った態度でそう言うと、さっさと体勢を入れ替《か》えた。後ろから抱きかかえるようにされて、俺の右手を掴《つか》むとそこへぎゅっと押し付ける。

「あっ……はぁっ」

ずっと触って欲しかった場所への刺激に、俺はふるりと体を震《ふる》わせた。

その上、背中に触れる和泉様の体に、うっとりしちゃって体から力が抜《ぬ》けてしまう。

「ほら…」

促《うなが》されて、俺はそっと自分の物を握《にぎ》りこんだ。

すっかり立ち上がったものは、それだけの刺激で怖《こわ》いくらいの快感を運んでくる。

「あ…あぁっ……んっ」

恥《は》ずかしいとか、そういうのも全部どっかに行ってしまって、俺はゆっくりと手を上下に動かした。

「可愛《かわい》いな」

弄っているところを背後から覗《のぞ》き込まれ、耳元で笑われて、でも手を止めることはできない。

「やっ……」

後ろから伸《の》びてきた手に、きゅっと乳首《ちくび》を摘《つま》まれてがくりと首がのけぞった。

そのまま何度も引っ張られ、押しつぶされてそのたびに体が震えてしまう。

「手が止まってるぞ」

「そ、なの……和泉さ…のせい」

「ならこっちも自分で触ればいい」

左手を掴み上げられて、胸へと導かれた。人差し指が赤く充血《じゅうけつ》してしまった乳首に触れて、右手の中のものが震えたのがわかる。

「や、ぁっ……」

「こうやって――」

和泉様の手が反対側の乳首をくりくりと弄った。同じようにやってみろと言われて、必死で首をふったけど許してもらえない。

「要……？」

俺はぎゅっと目を瞑《つぶ》って和泉様にされた通りゆっくり指を動かした。止まっていた右手のほうも直接的な快感を求めて勝手に動き出してしまう。

「あっ……あっ……あんっ」

そして……。

「……んぅっ」

結局、俺は自分の手の中に欲望を吐《は》き出した。

白く汚《よご》れた手を和泉様が持ち上げて、ゆっくりと舐《な》め上げるのをぼんやりと見つめる。

恥ずかしいし、そんなもの舐めるなよと思ったけど、疲《つか》れてしまって反抗《はんこう》する気になれなかった。

「次は？」

「……え？」

「今度はお前のしたいようにしてやるよ」

どうしたい？　と耳元で囁《ささや》かれて、思考能力の低下した俺は重くなった腕で和泉様の胸に触れる。

「…俺、和泉様に触りたい」

思わず零《こぼ》れてしまった言葉に俺が我に返るよりも早く、和泉様は頷いた。

「どうぞ？」

くすりと笑ったあと、和泉様はだらりと両腕《りょううで》を体の横にたらす。

俺はたった今まで和泉様に舐められていた手で、一つ一つ骨や筋肉を確かめた。

それだけで指先から痺《しび》れるみたいになった。この体に、こんな風に自分から触れることになるなんて……。

思わず漏《も》れた吐息《といき》は、恥ずかしいくらい熱くなっていて、でも手を止めることはできなかった。

けど鎖骨《さこつ》から大胸筋、外腹斜筋《がいふくしゃきん》、腹直筋、そして肋骨《ろっこつ》と上から順番に確かめているうち、自分の腹に当たっている和泉様のものが、少しずつ固くなっていくのに気付いてしまう。

俺が和泉様の体に触《さわ》って気持ちいいのと同じように、和泉様も俺に触られると気持ちいいんだ……。

そう思ったら、ためらいは霧散《むさん》して、俺は和泉様のそれに手を伸ばしていた。

「…要？」

しばらくすると、俯《うつむ》いたまま触れたものが、手の中で大きさを増すのがわかった。

手を上下に動かしただけでもどんどん大きくなるそれが、自分の中に入ったのだと思うと不思議な感じがする。や、だって大きさから言って正直ありえない感じ……。

けど、怖いような恥ずかしいような気持ちと同じくらい、和泉様が気持ちよくなってるっていうのが嬉《うれ》しくて、俺は必死で両手を動かした。自分がどうされたら気持ちいいかって、バカみたいに真剣《しんけん》に考えて。

だけど……。

「あっ……ちょっ…和泉様っ？」

突然《とつぜん》、和泉様の指が俺の後ろに伸びてきて、俺はびっくりして顔を上げてしまう。

「な、何……？」

ぬるぬると濡《ぬ》れた感触《かんしょく》が探《さぐ》るように奥に触《ふ》れてくる。

円を描《えが》くようにしながら入ってきた指の感触は、今までのどれとも違《ちが》っていて。不審《ふしん》に思って見ると、ベッドの上には半透明《はんとうめい》のボトルが転がっていた。

「ローション。気持ちいいだろ？」

言葉と同時に指にぐるりと中をかき回されて、俺は背中を震わせた。ぐちゅぐちゅと空気を含《ふく》んだような濡れた音が恥ずかしい。

そうされているうちに和泉様に触《さわ》るどころの話じゃなくなってしまい、俺はただ縋《すが》るみたいにして目の前の体に抱きついた。

腋《わき》の下から腕を回してぎゅっと抱きしめる。でもそうすると、体はますます気持ちよくなっちゃって……。

「やっ、も、好きにしていいって言ったくせに……っ」

「お前の手でいくのも悪くないけどな」

なんて言葉とは裏腹に、和泉様の指は数を増やしてどんどん中へ入ってくる。

「あっ、あっ……」

「もう手だけじゃ我慢《がまん》できないんだよ」

「やぁっ……っ」

奥のほうをつつくようにされて腰《こし》が跳《は》ねた。

なんか俺、いつもよりずっと気持ちよくなっちゃってる気がする。

これってそのローションのせい？　それとも──和泉様を好きだって意識してしまったから
だろうか？

「お前だってそうだろ？　中、やわらかくなってきたぞ」

三本目の指が入り込んできて、中をぎゅっと締《し》め付けてしまう。

でも、痛みとかは全然なくて……。まるで体が勝手に和泉様を受け入れようとしてるみたい
だった。

「こっちも、触ってないのに尖《とが》ってるしな」

「あ……っ」

言葉と同時に、空いている手で乳首を摘まれる。それからそっと先端《せんたん》部分だけを擦《こす》られて、
じれったい快感に泣きそうになった。

自分でもおかしいんじゃないかと思う。けど、続いて親指で押しつぶすようにされると痛み
と、それ以上の快感で視界が潤《うる》んだ。

「舐めてやるからちょっと手を緩《ゆる》めろ」

ぐっと腰を引かれ膝立《ひざだ》ちになった俺は、腕《うで》を今度は首に回すようにされた。丁度和泉様の目の前に胸がある体勢だ。

「やぁっ…あっ、んっ」

ちゅっと、音を立てて乳首を吸われて、俺は和泉様の頭に必死でしがみつく。膝ががくがく揺《ゆ》れて、そうでもしていないとへたり込んでしまいそうだった。

そんな俺に気付いたのか、和泉様が片手で俺の腰を支えてくれる。

「乳首が気持ちいいんだよな？ 中もきゅって締めてくるし」

からかうような声に、俺は何も反論できずただ高い声を上げてしまう。中を弄《いじ》るのと同時に唇《くちびる》に挟《はさ》んで引っ張られると、気持ちよくておかしくなりそうだった。

「このまま乳首と指だけでいくか？」

「そ、なのっ……」

自分だって我慢できないって言ったくせにっ！

「ん？」

体を離《はな》して見上げてくる顔を睨《にら》みつけたけど、和泉様の顔に切羽《せっぱ》詰《つま》ったような色はなくて……。

「どうする？」

「あっ、やぁっ……っ」

中をめちゃめちゃにかき回されてのけぞると、まるで和泉様の前に胸を突《つ》き出すような格好になってしまう。当然のように舌でつつかれ、押しつぶされて…このまましゃ本当に？

「や、も……っ」

「どうして欲《ほ》しい？」

「ひっ…んっ」

このエロオヤジめっ!!　と内心ののしりつつ、俺はしぶしぶ口を開いた。

「……れて」

「聞こえない」

「…っ…入れてっ」

「どこに？」

「ど、どこって……」

いい加減にしろよと思うけど、もう本当に我慢できなくて、俺はぽろりぽろりと言葉を零してしまう。

「う…しろ」

「後ろ？　ああ――このぐちゅぐちゅになってるところか？」

「っやぁっ…ぁ」

指を回されて、俺は和泉様の頭を抱《かか》えるように抱《だ》きしめた。

「そ、こ……っ……はやく……っ、もっやだぁ……っ」

恥《は》ずかしくてぎゅっと目を瞑《つぶ》ると、和泉様は仕方がないというように小さく笑って、俺の中から指を抜《ぬ》き出す。

ほっとして力の抜けた俺の腕を外して、ゆっくりとベッドに横たわらせた。

全く力の入らない足を和泉様が持ち上げて、膝が胸につくくらい折り曲げられる。

「や……」

自分の足の間から和泉様に見下ろされる恥ずかしい体勢に、俺はまた目を伏《ふ》せた。

すっかり柔《やわ》らかくほぐれたそこに、熱いものが触れて……。

「あぁ――……っ」

ぐんっ、と入り込んできたものに、俺は自分でも驚くような濡れた声を出した。痛みとかは何もなくて、ただ満たされてる感じがする。

「んっ……」

そのまま和泉様にキスされると、体勢は苦しくなったはずなのに、すごく安らいだ気持ちになった。

「和泉様……」

「吉成だって、何度言わせれば気が済むんだ……？」

のんきな台詞《せりふ》とは裏腹に、和泉様の声も情欲に掠《かす》れている。

「吉成さん……」

嬉しくて微笑《ほほえ》むと、中に入ったものがぐっと角度を増すのがわかった。

「あっ、や……っ、なんで…っ、あっあっ」

急に和泉様に動かれて、俺は置いてかれまいと慌《あわ》てて、和泉様の首に腕を回す。

深いところまで突かれたかと思うと、浅いところを擦られて、俺はもうただ泣くことしかできなくなった。

「やっ、も…だめっ」

触《ふ》れられると、否《いや》が応でも高まってしまう場所を擦られて、俺は半分悲鳴のような声を上げる。

「いけよ…っ」

「ひぁ……っ!!」

言葉と同時に、指でぎゅっと乳首《ちくび》を引っ張られて、俺はあっさりと放ってしまった。

「っ……」

中をぎゅっと引き絞《しぼ》ってしまったせいか、和泉様の動きも止まる。

「はっ……はぁ…っ」

けれど。

「あっ、やっ…あぁっ、んっんっ」

呼吸が落ち着く間もなく、快感の余韻《よいん》にがくがく震《ふる》える体を攻《せ》められて、俺は苦しいほどの快感に身を捩《よじ》った。

そして、和泉様が俺の中に注ぎ込んだのと同時に、俺は頭の中が真っ白になるほどの絶頂を味わうことになったのだった……。

◇

「要、迎《むか》えにきたぞ」

突然《とつぜん》ノックもなしに開いたドアに、俺はため息をつきつつ振り返った。

「……なんでおとなしく待っていられないんですか？」

入ってきたのは和泉様だ。

毎日毎日、一応客として滞在《たいざい》してるんだから、こんなスタッフオンリーの場所まで堂々と入り込んでくるのはやめてもらいたい。

「待ちきれないからに決まってるだろ」

開き直った台詞に頭痛をこらえつつ、俺は相手にしてられるかとばかりにデスクに向き直った。

「和泉様の予約まで、まだ一時間以上あるじゃないですか！」

「じゃあ、その一時間も予約する」

「……」

ああ言えばこう言う。確かに今日は珍《めずら》しくキャンセルが出て、これからの一時間、空いてはいるんだけど。

こういうとき、この人が内部の人間なのってマジで面倒《めんどう》だよな。スケジュールきっちり握《にぎ》られてるし。

――あれから二週間。

俺は和泉様のホテルの完成を待って、そちらに移動することが正式に決定した。と言っても、開業は来年の三月だから、まだまだ時間がある。ってわけで、俺は相変わらずスプリングロイヤル東京で仕事を続けていたりした。

美原さんとあんなことがあったから正直悩《なや》んだんだけど、住んでるところも社宅なんだし、今から別の職場を探しても一年も働かないうちに動かなきゃいけなくなるから、迷惑《めいわく》かけちゃうしさ。

和泉様は最初、そんなのは自分と一緒《いっしょ》にホテル暮らしして、専属マッサージ師になればいいなんて言ってたけど、まさかそんなわけにはいかないよなー。

何回か揉《も》めたんだけど、結局、和泉様が折れた――ことになんのかな？

なるよな、きっと。

そう思うと、ちょっとだけ顔が熱くなってしまう。

和泉様は俺がこのホテルに残ると決めてから、相変わらずあの部屋に滞在し続けているのだ。

美原さんがいるようなところで野放しにしておけない、なんて言って。

当然のように毎日毎日最後の時間に予約が入ってるし、迎えにくるし、そのままベッドに引きずり込むし――ホント、ろくなもんじゃない。

まぁ……甘やかされてるとは思うけど。

どうなんだろうと思いつつ、でも和泉様が滞在してくれてるのも、毎日マッサージできるのも、本当は嫌《いや》じゃない。口では「そんなに心配しなくても大丈夫《だいじょうぶ》です」なんて言いつつも、決して本気じゃなかった。

「本気で予約するんだったら、ちゃんと係の者を通していただかないと困ります」

予約の管理をしてくれているのはゲストサービス課なのだ。もちろんフロントやコンシェルジェに言ってもらっても構わないんだけど、延長以外を俺に直接言われても困る。

そもそも普通《ふつう》に考えてそんなお客様はいないし。

「ゲストに対しては、もっと柔軟《じゅうなん》な姿勢を学んで欲《ほ》しいもんだな」

「ゲストだって自覚があるならこんなとこまでこないでくださいっ」

ため息混じりの言葉に思わず俺が噛《か》み付いたとき、またしてもドアが開いた。

ノックの音はしなかったのか気付かなかったのか、多分後者かなと思う。

「柚木くん、この時間――どうしてお前がここにいるんだっ」

「お前こそよくもまぁ、そう毎度のこのこと顔が出せるもんだな。振《ふ》られ男のくせに」

入ってくるなりやり込められているのは、当然のように美原さんだ。

美原さんがここにくるのはせいぜい週に一、二度。だけど、俺の空き時間は限られていてそれを見越《みこ》して二人がくる以上、鉢合《はちあ》わせは免《まぬか》れないわけで。

この光景はもう三度目だった。一度目は、美原さんの謝罪を和泉様が鼻で笑い飛ばして、乱《らん》闘《とう》寸前。二度目は先にきていた美原さんに、和泉様が仕事を押し付けて無理やり退場させた。

一体今日はどうなっちゃうんだろうと、俺は本格的に頭痛がしてきた。

痛み止めとか、用意したほうがいいかも、と思いつつ頭痛に効くつぼを指圧する。

「お前こそ、こんなところで油を売ってる暇《ひま》があるなら、とっとと家でもなんでも建てたらどうなんだ」

「お前に心配されなくても、その辺りはきちんとやってる」

「――――本当か？」

訝《いぶか》しげな声で問う美原さんと同じように、俺も思ってもみなかった話に思わず顔を上げた。

和泉様はそんな俺の反応に気付いたのか俺と視線を合わせる。

「今日はその話もしようと思ってたんだ」

「そう…なんですか」

「ああ。お前の部屋の図面も上に持ってきてあるんだ」

図面。

ってことは、本気で俺の部屋を『イズミヨシナリ』がデザインしてくれるんだ……。

「どんな風にするんですか？」

「それを一緒に決めるんだろ？」

「はいっ」

『イズミヨシナリ』が俺の住む部屋をリフォーム。考えただけでわくわくと体が期待に浮《う》き上がりそうになる。

けど、次の台詞《せりふ》で俺は、浮き上がるどころか椅子《いす》にめり込みそうになった。

「まぁ、とりあえず玄関《げんかん》は別でも、中では行ききができるように改築するつもりだ」

「は？」

何それ……。

「俺、一緒に住むんですか…？」

「あたり前だろう。ちゃんとお前の部屋も用意してあるぞ」

「……うそ」

「さすがに一緒に暮らしてることが丸わかりじゃ、俺はよくても要が嫌かと思ってな。色々工夫するつもりだ」

ニコニコと笑って言われても、全然ありがたいと思えないんですけど!!

つか、いつの間に同居することになったわけ!?

「そんなの駄目《だめ》ですよっ」

「なんでだ？　やっぱり玄関も一緒にしてきちんとカミングアウトするか？　俺はそのほうが

嬉《うれ》しいけど——」

「そうじゃなくって!!」

和泉様の台詞を俺は大声で遮《さえぎ》った。

「と、とりあえずっ、部屋の中が繋《つな》がってるなんて冗談《じょうだん》じゃないですっ」

そりゃ、和泉様のことは好きだけど、同居って、こう、もっとお互《たが》い歩み寄りのできる相手とじゃなきゃ無理だろ？　普通。

こんな人と暮らしてたら、俺振り回されるだけ振り回される気がする。

「けど、俺がお前の部屋に入り浸《びた》ってると思われるよりはいいだろ？」

「そっ……」

それはそうかもしれない……。そんなこと知れたら、また愛人だなんだって噂《うわさ》が——しかもあながち嘘《うそ》でもない辺りが始末に終えないし。

「……柚木くん、本当に後悔《こうかい》しない？　こんな男に引っかかって」

沈黙《ちんもく》したまま、うろうろと視線をさまよわせていた俺に、美原さんがため息混じりに言った。

もうしてるかも。

「するわけがないし、お前が口を挟《はさ》む権利もない」

けど、俺がそう返すよりも先に、和泉様が言い返して。

「私は柚木くんのことを心から心配しているんだ」

「心配？　遠くから勝手にしてろ。口を出すな」

「なんだとっ」

……………あああ、なんか泥沼《どろぬま》。

俺はもうため息をつくことしかできずに、二人の子どもみたいな言い合いを傍観《ぼうかん》する。

「大体お前は昔っから、私が見つけたものを横取りしてばっかりで、卑怯《ひきよう》だと思わないのかっ？」

「そんなのは横取りされるほうが間抜《まぬ》けなんだろ」

これが終わったらとりあえずマッサージの準備して、スイートルームに行って、マッサージして、半同居の件については――……なんか解決策考えて。

しなきゃならないことを指折り数えつつ、とりあえず今日のお客様データの打ち込みでもしようかなと、くるりと椅子の向きを変えてＰＣに向かう。

聞いてるのもバカらしいし……。

けど、俺が何をするより早く、和泉様が背後から腕《うで》を伸《の》ばしてＰＣの電源ボタンを押し、スタンバイモードに切り替《か》えてしまった。

「ちょっ、何す――うぁっ」

振り向く間もなく椅子から抱《かか》え上げられ、びっくりして和泉様を見上げる。

途端《とたん》――。

「っ…いず……んんっ」

息もできないようなキスが降ってきて、俺は和泉様の胸の辺りを押し返した。

すぐそこに美原さんがいるのに何考えてんだよっ！

けど、和泉様の唇《くちびる》は一向に離《はな》れてくれない。それどころかどんどん深くなるキスに、気がつくとシャツに皺《しわ》ができるくらいぎゅっとしがみついていた。

「っは……ぁ…」

息も絶え絶えになった俺を、和泉様が見せ付けるようにますます強く抱《だ》き寄せる。

「吉成っ」

「お前に要を渡《わた》す日なんて一生こない。さっさと諦《あきら》めて他《ほか》を探すんだな」

そして、俺を抱き上げたまますさっさと部屋を出てしまった。

「和泉様っ、下ろしてくださいっ！」

「大声を出すと何かと思って人が出てくるぞ」

「だからって、このまま連れてかれたら絶対誰《だれ》かに会いますよっ」

小声で叫《さけ》ぶと「仕方ない」となんとか床《ゆか》に下ろしてくれる。けど、手はしっかりと掴《つか》まれたままだ。

幸い、従業員用のエレベーターホールに人影《ひとかげ》はなかった。ボタンを押してエレベーターを待つ。

「あっ」

「どうした？」

「……マッサージの道具何も持ってきてない」

和泉様が無理やり連れてきたせいだ。けど、引き返そうとした俺の手は、相変わらず和泉様に摑まれたままで、それどころか到着《とうちゃく》したエレベーターにそのまま乗せられてしまう。

「和泉様、俺戻《もど》って取ってきますから……」

「そんなものはこの指だけ――いや、お前だけいれば十分だろ」

「っ……」

だから、手にキスをするのはやめろってのっ。

そう思いつつ睨《にら》んだけど、絶対迫力《はくりょく》はないと思う。だって、顔がめちゃめちゃ熱いし。

和泉様はそんな俺を見て、額に小さなキスを落とした。

「指は他の客にも貸し出すけどな……」

今度は唇。

触《ふ》れるだけの優《やさ》しいキスに、こんなところでと思いつつも自然と瞼《まぶた》が下りてしまう。

「お前は一生俺だけのものだ」

……そんなこと言われたら、折れるしかないじゃん。

「………鍵《かぎ》」

「ん？」

「俺の部屋と和泉様の部屋を繋ぐドアには、絶対鍵をつけますからねっ」

恥《は》ずかしくて小声の早口になってしまった俺に、和泉様は驚《おどろ》いたように絶句したあと、声をたてて笑う。

「……っ…わかった」

「……絶対ですからね」

「ああ」

そうして、釘《くぎ》をさした俺はもう一度ゆっくりと目を閉じたのだった……。

あとがき

はじめまして、こんにちは。天野かづきです。この本を手にとってくださって、ありがとうございます。

ついに三冊目の本になります。この世の中にわたしの本が三冊も……(眩暈《めまい》)。本当に信じられない気持ちでいっぱいです。これもひとえに周囲の沢山《たくさん》の方々や、読んでくださっている皆様《みなさま》のおかげです。ありがとうございます。

今回は、手フェチのインテリアデザイナーと、体フェチのマッサージ師の対決ラブです。……自分で言っててちょっぴり恥《は》ずかしくなりました……。最初は「受《うけ》をフェチにしてみよう」と思い立っただけだったのですが、いつの間にか攻《せめ》までフェチに。不思議不思議。

わたしは特にこれといったフェチのない人間です。あえてどこかといわれれば骨ですが。鎖《さ》骨《こつ》とか肩甲骨《けんこうこつ》とか腰骨《こしぼね》とか……。けれど、フェチというほどのものではないです(多分)。なので、要がドキドキしているところとかを書きつつ、こんなに夢中になれるものがあっていいなぁと思っていました(笑)。和泉も和泉でそんなに手が好きかー、と思いつつ楽しく書きました。

けれど、正直このフェチの組み合わせには大きな欠点があったと思います……。それは、えっちシーンが書きにくいということです！　いつもいつも大変なのに、今回は更《さら》に五割増し大変でした。和泉が体フェチ、要が手フェチだったらよかったのに、って五百回くらい考えました。だって、攻の体に触《さわ》って感じちゃう受って、なんかヤバくないですか？　受の手に触られて気持ちよくなっちゃう攻っていうのもどうよ？　とか（苦悩《くのう》）。そんなわけで、えっちシーンは悩《なや》みに悩んで書きました（いつもですが）。もっとさらさらっと書ける日が来るといいなぁと思います。切実に。


そんなわけで今回も、限りなく時間がかかって担当の相澤《あいざわ》さんには、限りなくご迷惑《めいわく》をかけまくりです……。タイトルも思いつかなくて、考えてもらってしまって、もう――というかむしろとっくに、足を向けて眠《ねむ》れません。本当にありがとうございます。

そして、イラストを引き受けてくださったこうじま奈月《なづき》先生。素敵なイラストを沢山ありがとうございます。

一冊目が出るよりも前、担当さんと好きなイラストレーターの先生のお話になったとき、こうじま先生のお名前を挙げさせていただきました。そのとき、担当さんが「いつかこうじま先生に描《か》いていただけるくらい頑張《がんば》りましょう」とおっしゃったのです。わたしはその言葉を胸に、頑張って小説を書いてきました。ですから、こんなに早く夢が叶《かな》うなんて思ってもみなくて、表紙のカラーコピーをいただいたときにも、まだ信じられない気持ちでした。本当に本当に嬉《うれ》しいです。ありがとうございました。

最後になりましたが、ここまで読んでくださった皆様、本当にありがとうございました。少しでも楽しんでいただけたでしょうか？　お返事をお聞きするのはとても怖《こわ》いのですが、少しでも気に入っていただけたなら、泣きそうなくらい嬉しいです。

実はこのお話のシリーズ続編が、二〇〇五年夏頃《ごろ》に発売の予定です。シリーズといってもキャラは全然違《ちが》って、お金持ちのお坊《ぼっ》ちゃんと、それに見初《みそ》められちゃったホテルマンのお話です。珍《めずら》しく年下攻だったりします。え、鋭意《えいい》執筆《しっぴつ》中ですので、そちらもぜひ、よろしくお願いいたしますっ。

それでは、皆様のご健康とご多幸、そしてまたいつか——できることならば夏頃、お目にかかれることをお祈《いの》りしております。

天野かづき

KADOKAWA RUBY BUNKO

スイートルームで会《あ》いましょう！

天野《あまの》かづき

角川ルビー文庫　R97-3

13667

平成17年2月1日　初版発行
平成18年7月5日　4版発行

発行者——井上伸一郎
発行所——株式会社角川書店
東京都千代田区富士見2-13-3
電話/編集(03)3238-8697
営業(03)3238-8521
〒102-8177　振替00130-9-195208
印刷所——旭印刷　製本所——本間製本
装幀者——鈴木洋介

ISBN4-04-449403-7　C0193　定価はカバーに明記してあります。

KADOKAWA RUBY BUNKO

角川ルビー文庫

いつも「ルビー文庫」を
ご愛読いただきありがとうございます。
今回の作品はいかがでしたか?
ぜひ、ご感想をお寄せください。

〈ファンレターのあて先〉

〒102-8177 東京都千代田区富士見2-13-3
角川書店 アニメ・コミック編集部気付
「天野かづき先生」係

天野かづき
イラスト/三島一彦
そんなにカッコイイのに
足フェチって――ヘンタイ?
従姉の結婚式で出会った野性的な色男・真瀬に、
酔い潰されてしまった一夏。気づくと、ホテルのベッドで
下半身をむき出しにされていて!?
ホレた奴が悪いんだ!
The guy who fell in love with him is bad!

ルビー文庫